KOLUMBUS

Bibliografische Information Der Deutschen Bibliothek
Die Deutsche Bibliothek verzeichnet diese Publikation
in der Deutschen Nationalbibliografie;
detaillierte bibliografische Daten sind im Internet
über *http://dnb.ddb.de* abrufbar.

ISBN 3-7855-4857-5 – 1. Auflage 2003

Titel der Originalausgabe *Sur les traces de ... Christophe Colomb*

Aus dem Französischen übersetzt von Ingrid Ickler
Umschlagillustration: Maurice Pommier
Umschlagfoto: akg-images
Umschlaggestaltung: Andreas Henze
Printed in Italy

www.loewe-verlag.de

HELDEN • MYTHEN • ABENTEUER

KOLUMBUS

Das Leben des großen Entdeckers

erzählt und illustriert von

Jean-Paul Duviols und Maurice Pommier

Aus dem Französischen übersetzt von

Ingrid Ickler

Loewe

KOLUMBUS

ATLANTISCHER OZEAN
Bahamas
Kuba
Puerto-Rico
Hispaniola
Trinidad

Kolumbus’ Reisen

Christoph Kolumbus unternimmt vier Reisen in die Neue Welt: Die erste 1492, die zweite 1493, die dritte 1498 und die letzte im Jahr 1502.

Ein leidenschaftlicher Seefahrer

Im Hinterzimmer einer kleinen Weberei beugen sich zwei Männer über große Pergamentrollen. Durch die Fenster des Zimmers blickt man auf einen kleinen, sonnigen Platz am Hafen von **Genua**. Der eine der beiden, Bartholomeo Kolumbus, ist **Kosmograf**. Er vergleicht seine eigenen Karten mit denen seiner Kollegen.

„Schau dir das mal an, Christoph!", wendet er sich an seinen Bruder. „Gerade habe ich für viel Geld diese Karte von Grazioso Benicasa gekauft. Die **Kanarischen Inseln** und Madeira hat er an die üblichen Stellen in das **Ozeanische Meer** eingezeichnet, aber im Westen gibt es einige wichtige Neuerungen ... und im Süden weiß man immer noch nicht genau, wo Afrika endet!"

Auch Christoph hat eine Karte erworben, die er jetzt auf dem großen Tisch ausbreitet.

„Bartholomeo, überlasse Afrika den Portugiesen! Auf den Westen kommt es an! Wenn du dir die Karte aus diesem **Portolan** von Cristobal Soligo ansiehst, wirst du feststellen, dass er die Position

Genua: bedeutender Handelshafen in Italien.
Kosmograf: Wissenschaftler, der sich mit der Darstellung der Welt beschäftigt und Karten zeichnet.
Ozeanisches Meer: Atlantik.
Kanarische Inseln: Gruppe von sieben Inseln vor der afrikanischen Küste.
Portolan: mittelalterliche Segelanleitung mit Karte, auf der Küsten und Winde eingezeichnet sind.

von Brasilien, den Sieben-Städte-Inseln und Antilia ganz weit im Westen vermutet!"

„Tatsächlich! Du bist doch schon in dieser Gegend gewesen – glaubst du, er hat Recht?"

„Nicht ganz. Meiner Ansicht nach liegen diese Gebiete sogar noch weiter in südwestlicher Richtung!"

Bartholomeo nickt zustimmend und fügt hinzu: „Vermutlich. Aber leider machen auch diese beiden Karten keine Angaben über die Entfernung zwischen jenen Inseln und Indien oder **Cathay**."

„Das stimmt. Aber ich bin sicher, dass man Indien auf dem Seeweg in Richtung Westen viel schneller erreichen kann als auf dem Landweg. Es ist meine Aufgabe, die Karte der Welt zu vervollständigen. Und darum werde ich tun, was vor mir noch keiner gewagt hat: Ich werde den Ozean überqueren – und zwar in weniger als einem Monat!"

„Aber bevor du diese Reise antrittst, möchte ich gerne noch weitere Karten zu Rate ziehen, Christoph. Bist du immer noch entschlossen, dich auf ein solches Abenteuer einzulassen?", fragt Bartholomeo leicht beunruhigt.

„Mehr denn je!", antwortet Christoph ohne das geringste Zögern.

Christoph Kolumbus ist zu diesem Zeitpunkt 30 Jahre alt. Seit 1476 lebt er abwechselnd in **Lissabon** und auf der Insel Porto Santo in der Nähe Madeiras. Er ist zu seinem Vater nach Genua gereist, um seine Familie wiederzusehen und um neue Karten und Dokumente zu prüfen.

Mit der Schifffahrt und den Gefahren des Meeres ist Kolum-

Cathay: So nannte Marco Polo China.
Lissabon: bedeutender Hafen an der Atlantikküste, Hauptstadt Portugals.

bus bestens vertraut. Er ist schon kreuz und quer über das Mittelmeer gesegelt und hat den Atlantischen Ozean im Norden bis nach Island, im Süden bis nach Guinea befahren. Doch er spürt in sich noch immer die gleiche Unruhe wie bei seiner ersten Reise, die er bereits mit zehn Jahren unternommen hat. Er hat sich fest vorgenommen, eines Tages dorthin zu reisen, wo vor ihm noch kein anderer Seefahrer war – vielleicht sogar bis an die **Pforten des Paradieses**!

Zehn Jahre ist es her, seit portugiesische Seefahrer zum ersten Mal den Äquator erreicht haben. Ihr Ziel ist es, den afrikanischen Kontinent zu umsegeln und so einen Seeweg nach Indien zu finden. Doch Christoph Kolumbus, der Sohn eines einfachen Webers aus Genua, ist fest davon überzeugt, dass der Osten am einfachsten zu erreichen ist, wenn man immer weiter in Richtung Westen fährt. Diese Erkenntnis hat nach und nach in ihm Gestalt angenommen, und seine Entschlossenheit wird von Tag zu Tag größer. Er liest viele Bücher, um sein Wissen über die Welt zu erweitern: die *Imago Mundi* von **Pierre d´Ailly**, die *Naturgeschichte* von **Plinius** und natürlich die Reiseberichte **Marco Polos**. Er befragt Seeleute und versucht, Portolane einzusehen, die von den **Navigatoren** wie Schätze gehütet werden.

Am Abend nach dem Gespräch mit Bartholomeo durchstreift Christoph mit seinem jüngeren Bruder Diego den Hafen von Genua. Die Sonne geht gerade unter, und er kann sich gar nicht satt sehen an den

Die Pforten des Paradieses: legendärer Ort, der nach Meinung der damaligen Wissenschaft irgendwo jenseits der Meere liegen soll.
Pierre d'Ailly: französischer Bischof (1350–1420), Autor eines Buches über Geografie.
Plinius: römischer Schriftsteller (23–79).
Marco Polo: venezianischer Kaufmann (1254–1324), der Asien bereiste und das Buch „Die Wunder der Welt" verfasste.
Navigator: Schiffsführer.

Schiffen, die noch kaum bekannte Schätze aus allen Teilen der Welt ins Land bringen: Waren aus Griechenland, der Türkei, aus Algerien, Libyen, Ägypten, Palästina ... Dazu die arabischen Kaufleute und die schwer beladenen **nubischen** Sklaven. Er muss an weit entfernte orientalische Häfen denken, an die Reisen des Marco Polo – doch am meisten zieht es ihn auf den großen Ozean jenseits der **Säulen des Herkules**.

nubisch: aus Nubien, einem Gebiet in Ostafrika.

Die Säulen des Herkules: alter Name für die Felsen von Gibraltar zwischen Spanien und Nordafrika.

Christoph steht noch ganz unter dem Eindruck der neuen und aufregenden Erkenntnisse, die er aus den Karten gewonnen hat, und versucht, den sechzehnjährigen Diego von seiner Ansicht zu überzeugen.

„Wie oft muss ich es dir noch sagen: Die Erde ist rund wie eine Orange! Ich glaube, dass sie im Norden ein wenig abgeflacht ist, aber im Prinzip ist sie rund ..."

„Und das glaubst du wirklich, nur weil so ein **verrückter Grieche** … Entschuldige bitte, Christoph, ich weiß, dass die Griechen ein sehr gebildetes Volk waren, aber du musst bedenken, dass sie vor zweitausend Jahren noch über keinerlei Instrumente verfügten, um Entfernungen zu messen. Karten waren wohl ihr einziges Hilfsmittel. Ich bin sicher, dass auch du darüber nichts Genaues weißt! Und wenn die Erde wirklich rund ist, dann muss der Ozean doch irgendwo hinunterfließen …"

Obwohl er leicht verärgert ist, versucht Christoph, ruhig zu bleiben, und wiederholt seinem Bruder das, was er schon so vielen **Skeptikern** erklärt hat.

„Die alten Griechen verfügten sicherlich nur über bescheidene technische Mittel, aber dafür hatten sie

verrückter Grieche: Anspielung auf Erasthothenes, ein 275 v. Chr. geborener griechischer Astronom, der eine sehr genaue Berechnung des Erdumfangs vorgenommen hat.

Skeptiker: Zweifler.

scharfe Augen und waren vortreffliche Mathematiker, Diego! Du hast doch selbst schon auf dem offenen Meer oben im **Ausguck** gestanden und beobachtet, dass der Horizont leicht gewölbt ist, und du hast den Schatten der Erde gesehen, der auf den Mond fällt ... Ich kenne sogar den Umfang unserer ‚großen Orange' und weiß, dass sie kleiner ist, als die Gelehrten am portugiesischen Hof glauben!"

Die Nacht bricht herein, und am Himmel erscheinen die ersten Sterne. Christoph fährt fort; es wirkt, als spräche er zu sich selbst.

„**Jean de Mandeville** behauptet sogar, dass man die Welt umsegeln kann ..."

„Und du glaubst alles, was dieser Mandeville schreibt? Er hat die Welt bisher noch nicht umrundet, soweit ich weiß!"

„Zugegeben, über manches in Mandevilles Schriften kann man streiten", räumt Christoph ein. „Aber Marco Polos Berichte wirst du doch wohl nicht in Frage stellen wollen. Er hat Persien, das Land der Tartaren und Cathay durchquert und sogar den **Großen Khan** getroffen! Seine Reise hat ihn in Gebiete der Erde geführt, die bis dahin unbekannt waren. Ich besitze das Buch, in dem er all diese Orte beschrieben hat, und darin steht, dass östlich von Indien und Cathay ein riesiges Meer liegt. Das Ozeanische Meer kann es nicht sein! Marco Polo berichtet, dass es in diesem Meer zahlreiche Inseln gibt, darunter **Cipangu**, die reichste von allen ..."

Ausguck: Beobachtungsposten auf einem Schiff, meist oben am Mast.

Jean de Mandeville: Autor aus dem 14. Jahrhundert, der einen mehr oder minder glaubhaften Reisebericht seiner Fahrten ins östliche Mittelmeer und den Mittleren Orient verfasst hat.

Großer Khan: Kublai Khan, der mongolische Herrscher, von dem Marco Polo empfangen wurde.

Cipangu: alte Bezeichnung Japans.

„Genügend Inseln, um sich gründlich zu verirren!", entgegnet Diego lachend.

„Vielleicht, du kleiner Besserwisser, aber würdest du nicht auch diese Inseln entdecken wollen und mit ihnen ihre Goldschätze, die Gewürze, die Perlen und all die anderen Kostbarkeiten?"

„Du weißt, dass ich bereit bin, dich zu begleiten. Aber wo willst du ein Schiff herbekommen? Und eine Mannschaft? Ich fürchte, hier in Genua wird sich niemand für deinen Plan interessieren, wahrscheinlich nicht einmal in **Venedig** ... Bartholomeo meint, dass dich – wenn überhaupt – nur die Portugiesen unterstützen könnten. Doch bist du bereit, zum portugiesischen König zu gehen und ihn um seinen Schutz und seine Hilfe zu bitten?"

Venedig: großer italienischer Handelshafen an der Adria, in Konkurrenz zu Genua.

„Du weißt genau, Diego, dass ich alles tun werde, was nötig ist, um meinen Traum zu erfüllen, und auch mehr! Ich lebe jetzt bereits seit fünf Jahren in Lissabon. Als ich damals dort ankam, kommandierte ich zum ersten Mal in meinem Leben ein Schiff."

„Und du hattest deinen ersten Schiffbruch!", spottet Diego.

Christoph entgegnet nichts darauf. Er spricht nicht gerne über seine früheren Reisen. Damals segelte er auf einem Genueser Schiff, das von der französischen Kriegsflotte angegriffen wurde. Er musste sich schwimmend an Land retten. Ob seine Fahrt eine reine Handelsreise war oder ob es sich nicht eher um einen Piratenzug handelte, darüber schweigt er lieber.

Diegos Ton wird wieder ernsthaft. „Eine solche Reise vorzubereiten braucht Zeit! Außerdem natürlich viel Geld, um ein

Schiff auszurüsten, das groß genug ist, um Gold, Seide, Ingwer, Zimt oder Gewürznelken zu transportieren."

„Ich sehe, du hast verstanden, worum es geht, Diego! Wir dürfen nicht mehr länger warten! Die Karten können mir keine neuen Erkenntnisse mehr bringen. Ich muss **König Johann** überzeugen. Ich weiß, dass mir kaum jemand glaubt und auch die Zahl meiner Neider groß ist, doch jetzt ist die Zeit gekommen, wo ich Gottes Auftrag in die Tat umsetzen muss. Gebt mir ein gutes Schiff, und ich werde Indien über den Weg nach Westen erreichen!"

König Johann: Johann II., König von Portugal.

<u>Die Kartografie</u> ist am Ende des 15. Jahrhunderts eine aufstrebende Wissenschaft. Einige der auf den Karten verzeichneten Inseln werden nur dort vermutet oder gehören ins Reich der Legende, wie z. B. Antilia, Brasilien oder die Sankt-Brendan-Insel.

Meeresungeheuer
Die Angst vor dem Unbekannten und vor möglichen Schiffbrüchen führt zu dem Glauben, die Meere seien von Ungeheuern bewohnt. Dazu gehören riesige Wale, die gefährliche Seeschlange oder gigantische Kraken, aber auch angenehmere, jedoch trotzdem gefährliche Geschöpfe wie beispielsweise die Sirenen.

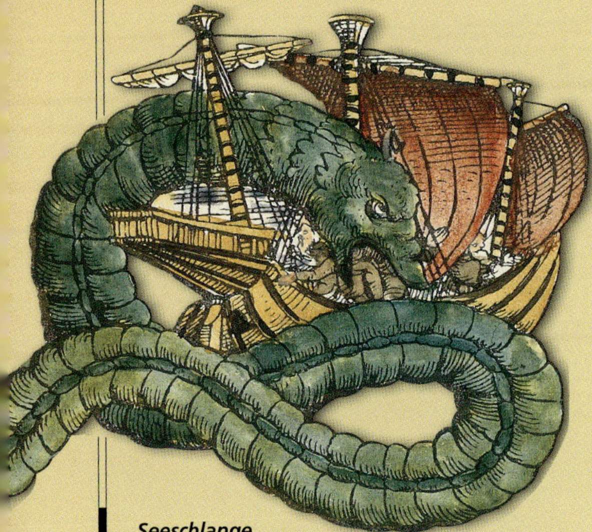

Seeschlange

Karte von Juan de la Cosa

Juan de la Cosa
Der Navigator und Kosmograf zeichnet um 1500 diese bemerkenswerte Karte. Links sieht man die Antillen mit Kuba und Hispaniola sowie die ungefähre Position des Golfs von Mexiko und Venezuelas. Im Westen hat er Kolumbus mit einer Christusfigur in der Hand festgehalten.

„Wir dürfen nicht mehr länger warten! Die Karten können mir keine neuen Erkenntnisse mehr bringen.“

Karte von Paolo Toscanelli

Die Hilfe Toscanellis
Kolumbus besitzt eine Kopie dieser Karte des Italieners Paolo Toscanelli. Sie bestätigt die Berechnungen des arabischen Kosmografen al-Farghani. Deshalb ist Kolumbus überzeugt, dass die Distanz zwischen Europa und Asien leicht zu bewältigen ist. Toscanelli sendet ihm einen Brief, in dem er ihn ermutigt, „sein großes und nobles Vorhaben“ durchzuführen.

Das Paradies
Es ist auf alten Karten am Rand der Erde eingezeichnet. Kolumbus ist überzeugt, ihm ganz nahe gekommen zu sein, weil er die Mündung des Orinoko mit der des Ganges verwechselt, dessen Quelle man im Paradies vermutet. Die Indianer sind nackt und unschuldig, wie die Menschen vor dem Sündenfall im Paradies.

Abbildung des Paradieses aus dem 15. Jahrhundert

Ungewöhnliche Pläne

Im Jahr 1481 ist der portugiesische König Alfons V. gestorben, der sich während seiner Regierungszeit genauso interessiert an Entdeckungsreisen zeigte wie sein Onkel, **Heinrich der Seefahrer**. Alfons' Nachfolger ist Johann II., ein freundlicher, gebildeter und weit blickender Herrscher. Aufmerksam hört er sich die Pläne aller Seefahrer an, die ihm ihre Dienste anbieten. Er möchte die Bewohner der neu entdeckten Länder und Erdteile zum Christentum bekehren. Darüber hinaus empfängt er an seinem Hof Gesandte aus Äthiopien, Guinea und anderen afrikanischen Ländern.

Heinrich der Seefahrer: portugiesischer Prinz und Gelehrter (1394–1460), der Expeditionen nach Afrika ausrüstete.

Christoph Kolumbus zieht es deshalb vor, nach seinem kurzen Aufenthalt in Genua wieder nach Lissabon zurückzukehren. Gewiss, er hat in seinem bisherigen Leben mehr Zeit auf dem Meer als an Land verbracht, doch er weiß, dass er in dieser Stadt die größten Chancen hat, Unterstützung für seine Pläne zu finden.

Er zweifelt nicht daran, dass seine Berechnungen stimmen, und es gelingt ihm, seinen Plan den Beratern des Königs vorzulegen. Doch damit ihm Schiffe zur Verfügung gestellt werden und er den Auftrag der Krone erhält, den Fernen Osten über den Atlantischen Ozean zu erreichen, muss er den König persönlich überzeugen. Johann gewährt ihm eine **Audienz**: Endlich kann er sein Glück versuchen!

Der König empfängt ihn liebenswürdig, aber sein Ton ist entschieden.

„Mein hoch geschätzter Kolumbus, Euer Plan wurde von meinen **Beratern** sehr sorgfältig geprüft, denen ich, wie Ihr wisst, mein volles Vertrauen schenke. Die Gelehrten haben sich gegen Euer Vorhaben entschieden! Ihrer Meinung nach ist die Reise, die Ihr uns vorschlagt, nicht durchführbar, denn es würde ganze sechs Monate dauern, erst die großen Inseln und schließlich Indien zu erreichen. Auch wir haben schon lange über diesen Weg nach Indien nachgedacht, die Idee aber schließlich als unmöglich aufgegeben."

Audienz: Empfang beim König oder einer hoch gestellten Person.
Berater: Gelehrte, Geografen und Theologen am Königshof, die mit der Prüfung von Expeditionsplänen befasst sind.

„Aber Hoheit, bedenkt doch, welche Bedeutung diese Expedition für Euer Königreich haben würde: Ein neuer Handelsweg, Ruhm für die Krone und die Möglichkeit, Gottes Wort auf der ganzen Welt zu verbreiten! Nach meinen Berechnungen würde die Reise kaum mehr als einen Monat dauern!"

„Ich kenne Eure Hartnäckigkeit und schätze Euren starken Willen, aber ich vertraue auf das weise Urteil meiner Ratgeber. Ich werde weiterhin Schiffe an der afrikanischen Küste entlangsegeln lassen, ein Vorrecht, das nur Portugal zusteht. Ich glaube nicht daran, dass der Atlantik so klein ist, wie Ihr behauptet! Portugal verfügt über hervorragende Navigatoren,

ihnen wird die Umseglung Afrikas gelingen! Und nun geht, die Audienz ist beendet!"

Es trifft Kolumbus hart, dass König Johann seine Pläne zurückweist, aber er lässt sich seine Enttäuschung nicht anmerken. Doch ein Unglück kommt selten allein. Seine Frau Filippa, die er sechs Jahre zuvor auf Madeira geheiratet hat, stirbt unerwartet. Dies ist ein schwarzes Jahr für Kolumbus! Gemeinsam mit seinem fünfjährigen Sohn Diego verlässt er heimlich Portugal. Sein älterer Bruder Bartholomeo, den er endlich auch vollständig von seinem Vorhaben überzeugen konnte, bleibt in Lissabon. Der portugiesische König soll Kolumbus nicht vergessen, denn wer weiß, vielleicht ändert er seine Meinung ja doch noch!

In Palos geht Kolumbus an Land und verbringt einige Zeit in Huelva, einem spanischen Hafen an der Atlantikküste, wo die Schwestern seiner verstorbenen Frau leben. Er knüpft neue Kontakte und sucht weiter nach Förderern für seine Pläne. Man rät ihm, sich an das **Franziskanerkloster** La Rábida zu wenden, das in der Provinz Niebla, ebenfalls an der Atlantikküste, liegt.

Franziskaner: Orden des heiligen Franziskus.

Bei Pater Marchena findet er ein offenes Ohr für seine Pläne, auch wenn der Mönch sie anfangs für recht ungewöhnlich hält. Doch nach einigen Wochen haben ihn die Argumente des Genuesen überzeugt.

„Mein Sohn, ich weiß, dass Euch das Wohl der Kirche am Herzen liegt und dass Euer Entdeckungsdrang einzig und allein die Bekehrung der heidnischen Seelen zum Ziel hat, die auf den Segen der christlichen Taufe warten."

„Pater, ich danke Euch für euer Vertrauen und die freundliche Aufnahme. Mein Sohn Diego erhält bei Euch die beste nur denkbare Ausbildung. Ich weiß, wie viel ich dem Orden des heiligen Franziskus zu verdanken habe!“

„Unsere Hilfe hat einen guten Grund: Ich bin davon überzeugt, dass Ihr im Auftrag Gottes handelt! Unser Herrscher, der Herzog von Medina Celi, wird Eurem Anliegen bestimmt großes Interesse entgegenbringen. Um ihn zu treffen, müsst Ihr nach **Sevilla** reisen, wo seine Handelsflotte im Hafen liegt.“

Sevilla: Hauptstadt Andalusiens in Südspanien mit einem Handelshafen.

„Aber wird der Herzog von Medina Celi auch auf meine Bedingungen eingehen?“, murmelt Kolumbus vor sich hin und schüttelt zweifelnd den Kopf. Dann fügt er hinzu: „Der Orden

des heiligen Franziskus hat mich in meinem Glauben bestärkt, durch ihn habe ich wieder neue Hoffnung geschöpft!"

„Es wäre mir eine große Freude, Euch weiterhin bei uns als Gast zu haben, bis die Erlaubnis eintrifft, dass Ihr Eure Reise über den Atlantik antreten dürft."

Kolumbus betreibt seine Studien jetzt noch eifriger. Er liest geografische Werke und studiert Karten, vor allem die des Florentiners Paolo Toscanelli, die seiner eigenen Vorstellung der Welt sehr nahe kommt.

Doch trotz allem wird ihm die Zeit in der ruhigen, abgeschiedenen Welt des kleinen Klosters lang. Mit großer Freude nimmt er deshalb die Einladung des Herzogs von Medina Celi an, in seinem Palast zu wohnen.

Er bleibt dort ganze zwei Jahre. Der Herzog rüstet sogar einige Schiffe für Kolumbus aus ... Doch Kolumbus ist ehrgeizig. Damit seine Reise wirklich großes Aufsehen erregt und ihm Reichtum und Ehrentitel einbringt, braucht er die Unterstützung des spanischen Königshauses.

Ferdinand von Aragon und Isabella von Kastilien: das spanische Königspaar. Aragon und Kastilien sind spanische Provinzen.

Reich der Mauren: Am Ende des 15. Jahrhunderts war die Gegend um Granada das letzte Herrschaftsgebiet der muslimischen Mauren in Spanien.

Ferdinand von Aragon und Isabella von Kastilien, die spanischen Könige, sind ständig auf Reisen und mit ihnen der gesamte Hofstaat. Sie führen gerade den entscheidenden Feldzug gegen das **Reich der Mauren** in Granada und halten sich deshalb meist in Córdoba auf. In dieser Stadt lässt sich nun auch Kolumbus nieder. Dort lernt er Alonso de Quintanilla, den Schatzmeister Kastiliens, kennen, der gegenüber den waghalsigen Plänen des Genuesers sehr aufgeschlossen ist.

„Werter Kolumbus, Euer Projekt scheint mir sehr viel versprechend zu sein. Nach Euren Worten bräuchtet Ihr mindestens drei Schiffe für Eure Reise. Das wäre ohne weiteres möglich, allerdings müsstet Ihr Euch dazu an Ihre Majestäten selbst wenden."

„Ich brenne schon darauf, sie kennen zu lernen."

„Eine Audienz ist nur mit dem Einverständnis und der Fürsprache des Bischofs von Toledo, Don Pedro Gonzalez de Mendoza, möglich. Ich habe ihm bereits von Euch erzählt. Ihr wisst, dass er der einflussreichste unter den königlichen Beratern ist, man nennt ihn sogar den ‚dritten König'!"

Kolumbus kann den **Prälaten** überzeugen, und endlich wird ihm in Córdoba eine Audienz bei dem Königspaar gewährt. Doch welche Enttäuschung, welche Demütigung! Ferdinand zeigt sich abweisend und sehr kühl, allein Königin Isabella schenkt ihm wohlwollende Aufmerksamkeit. Aus Dankbarkeit wird ihr Kolumbus später einen Brief schreiben.

Prälat: einflussreicher Kirchenmann.

„Alle zweifelten an meinen Plänen, nur Ihre Hoheit glaubte geduldig an mich. Dies war zweifellos ein Zeichen göttlicher Weisheit."

Unbeirrt folgt Kolumbus dem spanischen Hofstaat zu den Schauplätzen der Kämpfe gegen die Mauren. 1487 zieht er zuerst nach Malaga, später zurück nach Córdoba, wo gerade die Pest wütet, und im Winter schließlich nach Saragossa. Im folgenden Jahr halten sich die Könige in Valladolid auf.

Während dieser Zeit geraten Kolumbus' Pläne am Königshof

in Vergessenheit. Zwar sind einige Gelehrte mit ihrer Prüfung betraut, doch sie scheinen keine Eile damit zu haben, zu einem Ergebnis zu kommen.

Kolumbus kehrt schließlich nach Córdoba zurück, um dort die Antwort der Herrscher abzuwarten. Vergebens! Doch glücklicherweise lernt er die junge Beatriz de Arana kennen, die ihm in dieser düsteren Zeit zur Seite steht. Sie wird die Mutter seines zweiten Sohnes Fernando.

Des Wartens auf eine Entscheidung der spanischen Könige müde, entschließt er sich 1488, noch einmal den portugiesischen König aufzusuchen.

Doch Johann II. verweigert ihm abermals seine Hilfe. Ein Jahr zuvor haben portugiesische Seefahrer den südlichen Zipfel Afrikas erreicht. Bartholomeo Diaz ist der Erste, der das **Kap der Stürme** umschifft. Damit ist bewiesen, dass man entlang des afrikanischen Kontinents nach Indien gelangen kann: Portugal verfügt somit endlich über einen Seeweg nach Asien! Kolumbus wird schnell klar, dass seine Pläne für Johann nicht mehr von Interesse sind, und zieht sich zurück.

Kap der Stürme: Kap an der Südspitze Afrikas, das heute den Namen „Kap der Guten Hoffnung" trägt.

Portugal ist jedoch nicht sein einziger Ansprechpartner. Er bittet seinen Bruder Bartholomeo um Hilfe.

„In England herrscht endlich Frieden. König Heinrich VII. wird dir gewiss eine Audienz gewähren. Er wird erkennen, von welcher Bedeutung mein Plan für England sein kann. Und für den Fall, dass auch er ablehnen sollte, wirst du mein Vorhaben der französischen Krone vorschlagen."

Als Bartholomeo von seiner langen Reise zurückkehrt, schildert er seine erfolglosen Bemühungen.

„Ich wurde überall sehr freundlich empfangen! Doch mir wurde rasch klar, dass der englische König ganz andere Pläne hat und dass seine Schatztruhen leer sind! Und Frankreichs Königin Anne de Beaujeu hat zwar großes Interesse an der Kosmografie und ließ mich sogar einige Seekarten für sie zeichnen, doch erreicht habe ich am Ende nichts!"

„Wir haben alles versucht", antwortet Christoph und umarmt seinen Bruder. „Ich fürchte, das Schicksal hat mich dazu bestimmt, vorerst weiter in Córdoba zu leben und bei meiner lieben Beatriz zu bleiben. Aber noch ein Jahr, vielleicht zwei, und du wirst sehen, dass ich Ferdinand und Isabella überzeugen kann!"

Religion und Kirche

spielen am Ende des 15. und zu Beginn des 16. Jahrhunderts eine beherrschende Rolle im gesellschaftlichen und politischen Leben Spaniens. Die kirchlichen Feste und Riten bestimmen den Alltag.

Die Rolle der Kirche
Zahlreiche Kirchenmänner spielen eine entscheidende Rolle in der spanischen Politik, so z. B. der Bischof von Toledo, Pedro Gonzalez de Mendoza, ein enger Berater der spanischen Könige, Pedro Deza, der Beichtvater der Königin, oder auch der Großinquisitor.

Christusfigur in der Kathedrale von Sevilla

Meisterwerke
Die spanische Kunst in der Renaissance und später im Barock wird stark von religiösen Motiven bestimmt. Hier eine Darstellung des Heilands am Kreuz des berühmten Holzschnitzers Montanes, die vor allem durch ihren Realismus beeindruckt.

„Ich bin davon überzeugt, dass Ihr im Auftrag Gottes handelt!“

Die Kathedrale von Sevilla: Einer ihrer Türme war früher Teil einer Moschee.

Die Strafen für Ketzer
Die vom Inquisitionsgericht verhängten Strafen für Ketzer reichen vom Abschwören der „falschen“ Religion (Schuldbekenntnis) bis zum Tod auf dem Scheiterhaufen nach einem Autodafé (Glaubensbekenntnis, um die Vergebung der Sünden zu erlangen).

„Der Christusträger“
So unterzeichnet Kolumbus Briefe. Die ersten drei Zeilen stehen für „Sanctus, Sanctus (heilig), Ave (Gruß) Sanctus, Xristofore Maria Yoannes“ (Kolumbus' Name), die letzte Zeile bedeutet „Christusträger“.

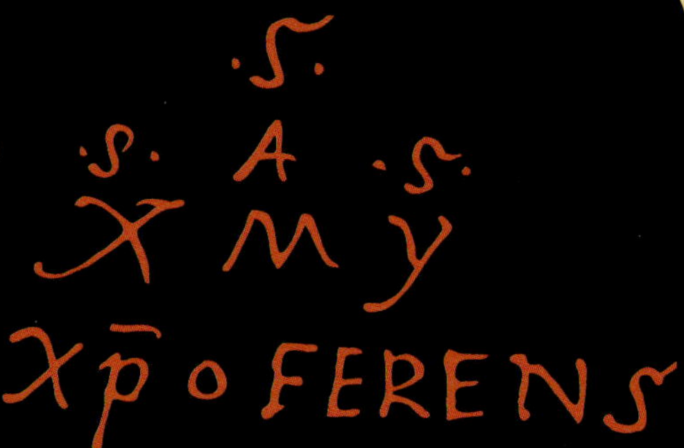

Die Inquisition
Religiöse Gerichtsbarkeit, die zum Ziel hat, die Ketzer zu vertreiben, das heißt diejenigen, die sich nicht streng an die Vorschriften der katholischen Kirche halten. Die Inquisition liegt in der Hand des Dominikanerordens und nimmt zur Zeit Ferdinands und Isabellas eine wichtige Stellung ein. Juden und Muslime, die weiterhin ihre Religion ausüben (später auch die Protestanten), werden verfolgt.

Inquisitionsgericht

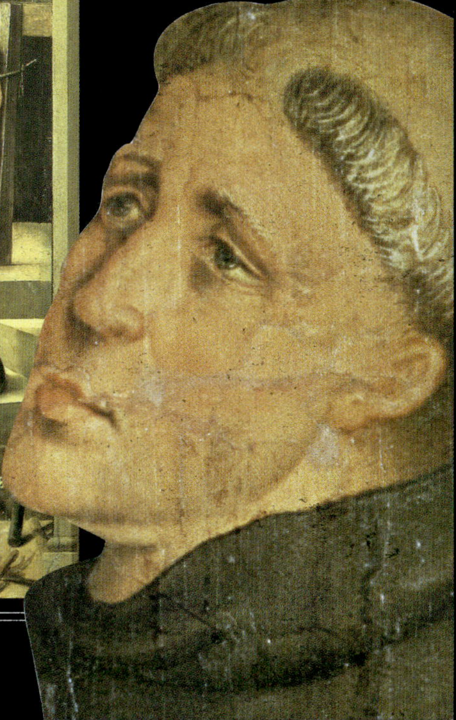

Der gefürchtete Inquisitor Torquemada wirkt von 1483 bis 1498.

Kolumbus am spanischen Hof

Kolumbus bleibt in Kontakt mit dem spanischen Hof und hält sich weiterhin in der Nähe des Herrscherpaares auf. 1490, nach jahrelanger Prüfung, sprechen die kastilischen Gelehrten, die die Könige beraten, endlich ihr Urteil. Es ist unwiderruflich.

„Nichts könnte die Zustimmung Ihrer Hoheiten für ein Unternehmen, das auf so schwachen Füßen steht und dessen Umsetzung so zweifelhaft erscheint, rechtfertigen ..."

Vorsitzender des Beraterstabes ist Hernando de Talavera, der Beichtvater der Königin. Dieser Kirchenmann versteht nichts von Geografie. Für ihn sind die Grenzen der bekannten Welt von Gott festgelegt worden, und deshalb wäre es eine Sünde, sie zu überschreiten! Der Plan des Genuesen ist in seinen Augen **Ketzerei**, mit der sich die **Inquisition** beschäftigen sollte!

Doch Kolumbus gibt nicht auf. Durch seine Überzeugungskraft hat er einige einflussreiche Persönlichkeiten auf seine Seite bringen können. Noch ist nichts entschieden. Die Krone gewährt ihm sogar

Ketzerei: Gedanken und Handlungen, die als gefährlich und nicht mit dem katholischen Glauben vereinbar gelten.

Inquisition: religiöses Gericht, das vor allem in Spanien sehr aktiv ist und Ketzer sowie Juden und Muslime, die ihre Religion noch ausüben, verfolgt.

monatliche Unterhaltszahlungen. Er wird ein Freund des Schatzmeisters von Aragon, Luis de Santangel, mit dessen Hilfe er erreicht, dass seine Pläne noch einmal geprüft werden. Kolumbus ist von seiner Position überzeugt, und er ist **rhetorisch** begabt. Außerdem ist er sich sicher, von Gott mit dieser Entdeckungsreise beauftragt worden zu sein. Sein Glaube ist unerschütterlich!

Doch im folgenden Jahr, 1491, muss er eine neuerliche Ablehnung seines Vorhabens durch die königlichen Berater hinnehmen. Jetzt scheint alles verloren! Die Jahre vergehen, und Kolumbus sieht seinen Traum dahinschwinden. Er vertraut sich seinem langjährigen Fürsprecher, dem Dominikaner Diego de Deza an, dem **Hofmeister** des spanischen **Infanten**.

„Mein lieber Freund, Ihr wisst, meine Argumente sind stichhaltig, und Ihr selbst unterstützt mich, wo Ihr nur könnt. Und doch stellen sich die Kosmografen der königlichen **Kommission** meinem Schicksal in den Weg! Von der spanischen Krone habe ich nichts mehr zu erwarten. Mein Bruder Bartholomeo ist am französischen Hof hoch angesehen. Vielleicht ist jetzt der Zeitpunkt gekommen, an dem ich selbst nach Frankreich reisen und die Königin vollends überzeugen sollte, mich zu unterstützen."

Deza kennt Kolumbus' Hartnäckigkeit, und er muss sich sehr anstrengen, um ihn von einer Reise nach Frankreich abzuhalten.

„Werter Kolumbus, ich kann Eure Enttäuschung verstehen, doch gebt nicht auf! Gerade jetzt nicht! Vertraut auf mein Wort: Granada wird fallen. Die

rhetorisch: die Redekunst betreffend.
Hofmeister: Hauslehrer.
Infant: Titel der spanischen Prinzessinnen und Prinzen.
Kommission: Ausschuss, Kreis von Beauftragten.

Heiden werden vom spanischen Boden vertrieben werden, und Ihr, Ihr werdet über den Atlantik nach Indien reisen!“

Und tatsächlich: Nach einer scheinbar endlosen Belagerung ergibt sich König **Boabdil** am 2. Januar 1492 den christlichen Truppen. Kolumbus ist Zeuge des denkwürdigen Ereignisses. Damit ist die **Reconquista** zu Ende. Granada, die letzte Bastion der Mauren, ist gefallen. Diego de Deza hat Recht behalten.

Kolumbus schöpft wieder Hoffnung und bittet um eine Audienz bei den Königen, die ihr Lager in Santa Fé, in unmittelbarer Nähe Granadas, aufgeschlagen haben. Er wendet sich an seinen Freund Luis de Santangel.

„Glaubt Ihr nicht, Santangel, dass der Sieg der Christen erst dann vollkommen sein wird, wenn wir auch die Völker im Osten zum Glauben bekehrt haben?“

„Gewiss, mein lieber Kolumbus, und Ihre Hoheiten haben große Pläne für die Christenheit. Sie wollen alle Muslime und Juden, die sich nicht unserer Heiligen Kirche anschließen, vertreiben und alles tun, um die **Heiligen Stätten** aus der Hand der Ungläubigen zu befreien!“

„Ich denke, dabei kann ich ihnen eine große Hilfe sein. Für Spanien brechen goldene Zeiten an.“

Santangel ist fest davon überzeugt, dass Kolumbus seinen Plan zu einem erfolgreichen Ende führen kann. Diese Reise ist Kolumbus' Lebensziel, daran besteht kein Zweifel. Nachdem Kolumbus ihm sein Vorhaben noch einmal in allen Einzel-

Heiden: Ungläubige, hauptsächlich Juden und Muslime.

Boabdil: letzter maurischer König Granadas, der den Katholischen Königen am 2. Januar 1492 die Schlüssel der Stadt übergab.

Reconquista: Lange Reihe von Kriegen, die seit dem 8. Jahrhundert zwischen den christlichen Spaniern im Norden und den Muslimen im Süden geführt wurden.

Heilige Stätten: Palästina, die Heimat Jesu, und vor allem die Stadt Jerusalem.

heiten dargelegt hat, setzt sich Santangel erneut zugunsten seines Freundes bei Ferdinand und Isabella ein. Er hofft, sich dabei die gute Stimmung des Herrscherpaares nach dem Sieg über die Mauren zu Nutze machen zu können.

„Eure Hoheiten, Gott hat Spanien auserwählt! Euer Ruhm soll über das Meer getragen werden! Unermessliche Reichtümer warten auf Euch! Bedenkt, dass Portugal Euch zuvorkommen könnte. Ihr habt nichts zu verlieren, wenn Ihr Christoph Kolumbus Euer Vertrauen schenkt."

Leicht verärgert erhebt sich Ferdinand von Aragon von seinem Thron.

Theologen: Wissenschaftler, die die Geschichte der Religion und die heiligen Schriften untersuchen.

„Dieser überhebliche Spinner aus Genua gibt also immer noch nicht auf, trotz des ablehnenden Urteils unserer Gelehrten und **Theologen**!"

Königin Isabella weiß, dass ihr Mann eine Abneigung gegen Kolumbus hat. Sie allerdings schätzt dessen Mut und Entschlossenheit.

„Ich für meinen Teil glaube, dass Kolumbus Großes vollbringen kann. Ich bin davon überzeugt, dass er sein Ziel erreichen wird, und sein Erfolg wird ein Erfolg für Spanien und für die gesamte Christenheit sein."

Ferdinand geht nachdenklich auf und ab. Voller Zweifel entgegnet er ihr: „Meine Königin, ich gestehe Euch zu, dass der Mann eine gewisse Aufmerksamkeit verdient, dass seine Argumente stark sind und dass seine zahlreichen Fürsprecher seinem Wunsch zusätzlich Gewicht geben. Doch vergesst nicht, was er von uns verlangt. Zuerst einmal möchte er, dass man ihm den Titel ‚Admiral der Ozeanischen Meere' verleiht –

reine Eitelkeit! Dazu kommt, und das wiegt viel schwerer, dass er für den Fall, dass er Erfolg hat, alleiniger **Gouverneur** der neu entdeckten Länder werden möchte. Doch damit nicht genug, er verlangt außerdem, dass der zehnte Teil des gefundenen Goldes, der Perlen und der anderen Schätze ihm selbst gehören soll! Das sind wahrlich nicht die Ansprüche eines Mannes, der nur an Spanien und die Christenheit denkt! Und als wären seine Forderungen nicht schon maßlos genug – nein, diese Ansprüche sollen auch noch **erblich** sein!“

Gouverneur: Statthalter, Vertreter der Krone in einem Gebiet.
erblich: vom Vater auf die Nachkommen übergehend.

Isabella kann alleine keine Entscheidungen treffen. Außerdem muss sie zugeben, dass die Einwände ihres Mannes gerechtfertigt sind. So muss sie zu ihrem großen Bedauern Kolumbus’ Gesuch abweisen.

Kolumbus’ Stimmung ist zwar gedrückt, aber ganz hat er die Hoffnung noch nicht aufgegeben. Er sattelt sein Maultier und bricht nach Córdoba auf. Er ist entschlossen, nun selbst nach Frankreich zu reisen!

Trotz der erneuten Ablehnung spürt Luis de Santangel, dass die Entscheidung der Herrscher nicht endgültig ist, und wendet sich noch einmal an Ferdinand.

„Mein König, Ihr habt vollkommen Recht. Ich weiß, dass Ihr einen großen Teil Eures Vermögens in den Kampf gegen die Ungläubigen gesteckt habt. Doch bedenkt, dass für eine Expedition nach Cipangu nicht mehr als drei Schiffe nötig wären. Die Kosten wären sehr niedrig. Ich selbst würde mich bei meinem Freund, dem Bankier Berardi, um die erforder-

lichen Mittel bemühen, mit Euren Hoheiten als Bürgen selbstverständlich. Selbst bei einem Scheitern der Reise wäre der Verlust kaum der Rede wert! Spanien kann also nur gewinnen! Es wäre doch sehr bedauerlich, wenn die französische Krone diese einmalige Gelegenheit nutzen würde."

Isabella spürt, dass Ferdinands Widerstand schon fast gebrochen ist, und setzt hinzu: „Am Geld soll das Unternehmen nicht scheitern! Ich bin bereit, meinen Schmuck als Pfand einzusetzen! Eine bessere Verwendung für ihn kann ich mir gar nicht vorstellen!"

Erstaunt wendet sich Ferdinand zu ihr um.

„Meine Liebe, ich kenne die Großzügigkeit Eures Herzens, wenn es um die Sache unserer heiligen Kirche geht. Aber ich bin sicher, dass Euer Opfer unnötig sein wird."

Der ebenfalls anwesende Deza, der von Isabellas Mut tief beeindruckt ist, richtet sich an beide Herrscher.

„Durch den großen Mut und die Hartnäckigkeit der Krone wurde Spanien von den Ungläubigen befreit. Die ganze Christenheit blickt auf Euch. Doch sollte Spanien nicht auf allen Gebieten siegreich sein?"

Der König setzt sich wieder und fragt Isabella: „Wie denkt Ihr darüber, meine Liebe? Wir werden Euren geschätzten Kolumbus zurückholen müssen. Und was seine übertriebenen Forderungen angeht: Wir werden sehen ..."

Die Königin lächelt ihren Mann an und lässt sofort nach einem Boten schicken. Es gilt, keine Zeit zu verlieren. Der Reiter erreicht Kolumbus zwei Meilen von Granada entfernt, auf der Brücke von Pins.

„Ihre Hoheiten, der König von Aragon und die Königin von Kastilien, sind bereit, Euch nochmals anzuhören."

Kolumbus zögert noch einen Moment, doch dann ist er überzeugt: Jetzt wird er seinen Traum verwirklichen können! Sofort, als er im Lager bei Santa Fé ankommt, wird er von der Königin empfangen. An diesem 19. April 1492 verwandelt sich der Sohn eines einfachen Webers in einen kastilischen Edelmann, in einen waghalsigen Entdecker, der sich mit dem Admiralstitel schmücken darf!

<u>Das Ende der Reconquista</u> markiert den endgültigen Sieg der Spanier über die Mauren. Am 2. Januar 1492 fällt Granada, die letzte maurische Bastion. Für die spanischen Könige ist die Einheit des Staates eng mit der Einheit der Religion verknüpft. Deshalb müssen Juden und Muslime das Land verlassen.

Maurische Würdenträger

Die Mauren
Sie befinden sich seit dem 8. Jahrhundert auf spanischem Boden, wo ihre Kultur zahlreiche Spuren hinterlässt. Erst 1492 kann die langwierige Rückeroberung der christlichen Herrschaftsgebiete erfolgreich abgeschlossen werden.

Die Vertreibung der Juden
Juden werden in Spanien seit langem verfolgt, deshalb treten viele von ihnen zum Christentum über. 1492 fällen die spanischen Könige eine harte Entscheidung: „Juden, die zum Christentum übertreten, dürfen in Spanien bleiben. Diejenigen, die dazu nicht bereit sind, müssen Spanien innerhalb von sechs Monaten verlassen."

Spanische Juden

Die Katholischen Könige
Isabella I. von Kastilien und Ferdinand V. von Aragon besiegen ihre Feinde und besiegeln die spanische Vorherrschaft.

Ferdinand von Aragon und Isabella von Kastilien

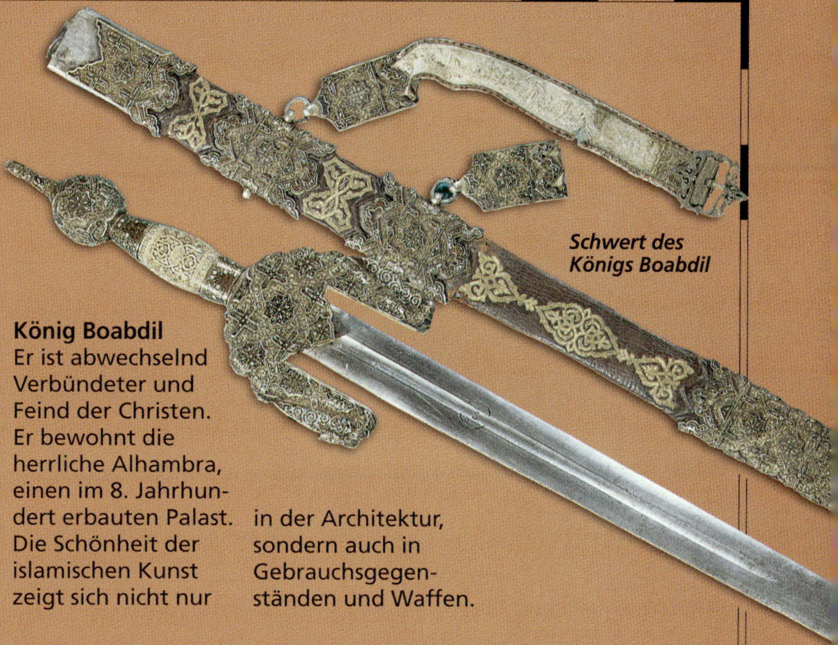

Schwert des Königs Boabdil

König Boabdil
Er ist abwechselnd Verbündeter und Feind der Christen. Er bewohnt die herrliche Alhambra, einen im 8. Jahrhundert erbauten Palast. Die Schönheit der islamischen Kunst zeigt sich nicht nur in der Architektur, sondern auch in Gebrauchsgegenständen und Waffen.

„Damit ist die Reconquista zu Ende. Granada, die letzte Bastion der Mauren, ist gefallen.“

Ein totaler Sieg
Die Könige unterwerfen die spanischen Adligen und fördern die Inquisition. Indien und die neuen Länder im Westen sollen ihr Herrschaftsgebiet vergrößern.

Der Kampf um Granada
Er dauert mehr als zehn Jahre und ist für die spanische Krone sehr kostspielig. Die Auseinandersetzung fordert viele Opfer. Am 2. Januar 1492 übergibt König Boabdil Spanien den Schlüssel der Stadt. Auch Christoph Kolumbus ist Zeuge dieses historischen Augenblicks.

Granada 1492: Die Mauren geben die Schlüssel der Stadt zurück.

Der Aufbruch

Anfang August herrscht im kleinen Hafen der Stadt Palos ein ungewöhnliches Treiben: ständiges Kommen und Gehen, Hektik, lautes Rufen, Wagengeräusche, fliegende Händler … Eine große Zahl von Matrosen belädt drei Schiffe, die nebeneinander am Kai vertäut sind, mit **Proviant**: Fässer, gefüllt mit Wasser, Wein oder Essig, Schiffszwieback, gesalzenem Fisch, Reis und Mehl werden in die Lagerräume gerollt. Das scheint ganz ohne Zweifel eine lange Reise zu werden! Doch fragt man die Matrosen nach dem Ziel ihrer Fahrt, sind nur wenige in der Lage, eine genaue Antwort zu geben.

Proviant: Vorräte.

Rodrigo, der in Triana, einem Dorf in der Nähe von Sevilla, aufgewachsen ist, geht leichten Herzens an Bord der *Pinta*: Er hat nichts zu verlieren auf dieser Fahrt zu den fernen Ufern Asiens! Allerdings, vertraut er seinem Freund Juan Niño, der noch auf der Kaimauer steht, an, dass er trotzdem auch Angst hat.

„Kannst du mir etwas über den Kapitän, äh, über den Admiral sagen? Auf mich wirkt dieser Genueser recht überheblich. Sicher, er wird von einigen Männern des Hofes begleitet, die ihm mit großem Respekt begegnen. Und auch du scheinst ihm blind zu vertrauen. Doch dies ist seine erste Fahrt seit sechs Jahren, und außerdem ist noch keiner je über die westliche Route nach Cipangu oder nach Cathay gesegelt, das weißt du genauso gut wie ich!"

Juan Niño, der Besitzer der nach ihm benannten **Karavelle** *Niña*, lächelt kaum merklich.

Karavelle: mittelalterliches Segelschiff.

„Du hast Recht, Rodrigo, diese Reise ist ein Abenteuer. Doch Alonso Pinzón hat mir versichert, dass der Admiral sehr genau weiß, was er tut, über seine genaue Route im Augenblick aber noch Stillschweigen bewahren will."

„Das musst du mir genauer erklären!"

„In Ordnung, du musst mir aber versprechen, es für dich zu behalten. Als er noch mit seiner Frau auf Madeira lebte, hat Admiral Kolumbus – auf diesen Titel legt er großen Wert – einmal von einem Matrosen aus Huelva erfahren, dass auf dem Weg nach Westen sagenhafte Inseln liegen sollen, gar nicht so weit entfernt. Dieser Matrose, ein gewisser Sanchez, war wohl während eines Sturmes dorthin abgetrieben worden ..."

„Sanchez gibt es viele in Sevilla, genau wie in Huelva, nehme ich an. Kann man den Mann treffen?"

„Nein, er starb in den Armen des Kap-, vielmehr in den Armen des Admirals. Auch alle anderen Mitglieder der Mannschaft leben nicht mehr, sie sind an Erschöpfung gestorben."

„Nun gut ... Aber was nennst du ‚gar nicht so weit'?"

„So, wie ich verstanden habe, sind diese Inseln nur ungefähr zwanzig Tage entfernt, höchstens."

Am anderen Ende des Kais hat sich Martín Alonso Pinzón auf ein Fass gestellt und redet in beschwörendem Ton auf die Matrosen vor ihm ein.

„Kommt mit uns, Freunde! Eine solche Gelegenheit bietet sich euch kein zweites Mal! Uns fehlen noch zwölf Seeleute, entscheidet euch! Am Ende unserer Reise erwartet uns das Paradies, Städte und Häuser mit goldenen Dächern, Märkte mit allen Schätzen des Orients, Seidenstoffe, Gewürze! Ihr werdet reich und berühmt werden!"

Rodrigo, der diese Rede bereits das zehnte Mal hört, ist jetzt beruhigt.

„Ein erfahrener Seemann ist Admiral Kolumbus tatsächlich! Er ist bereits auf den nördlichen Meeren gesegelt und am Golf von Guinea ..."

„Außerdem kennt er die portugiesischen Karten wie kein Zweiter und ist ein Experte für die **Windverhältnisse**, die auf den Meeren herrschen", setzt Juan Niño hinzu. „Dazu ein Kapitän wie Juan de la Cosa, der sein Schiff, die *Santa María*, gewiss nicht irgendjemandem anvertrauen würde, sowie Martín Alonso Pinzón und sein Bruder Vicente Yáñez! Welche Sicherheiten willst du noch? Ich frage mich, wie diese armseligen Kerle noch zögern können, sich zwischen Gefängnis und Ruhm zu entscheiden!"

„Was meinst du mit Gefängnis?"

„Weißt du nicht, dass die Hälfte der **angeheuerten** Männer vor nicht allzu langer Zeit noch im Kerker saßen? Man hat ihnen die Freiheit angeboten, unter der Bedingung, dass sie an Bord der Schiffe gehen."

Windverhältnisse: Für das Segeln auf den Weltmeeren war die genaue Kenntnis der Winde nötig.
anheuern: sich zum Matrosendienst verpflichten.

„Und du glaubst, dass Diebe und Mörder gute Matrosen abgeben werden?“

„Warum nicht? Auf jeden Fall haben sie Mut, und mit Sicherheit sind sie gute Kämpfer!“

Im Morgengrauen des 3. August 1492 verlassen mehr als hundert Männer an Bord der beiden Karavellen *Pinta* und *Niña* sowie der Karacke *Santa María* die andalusische Küste. Die *Santa María*, auf der sich der Admiral Kolumbus befindet, darf den klangvollen Namen „Flaggschiff“ tragen. Neunzig der Männer sind Seeleute und Vertraute Christoph Kolumbus', die anderen Offiziere der spanischen Krone. Unter ihnen sind Rodrigo de Escovedo, Notar und Stellvertreter der Königin, Pedro Sanchez de Segovia, **königlicher Kassenführer** und Buchhalter, der **Profos** Diego de Arana, Pedro Gutiérrez, der **Chronist** der Reise, und Luis Torres, ein Dolmetscher, der Hebräisch und Arabisch spricht. Ein Vertreter der Kirche ist nicht an Bord.

königlicher Kassenführer: Offizier der Krone, der die Aufgabe hat, die Ausgaben und die Vorräte zu überwachen.
Profos: Er hat die Polizeigewalt auf dem Schiff.
Chronist: Er schreibt einen Bericht über die Ereignisse in ihrer zeitlichen Abfolge.

Der Tag ist gerade erst angebrochen, und kaum jemand steht am Kai, um den Männern guten Wind zu wünschen. Die Schiffe fahren entlang der afrikanischen Küste in Richtung Süden. Ihr erstes Ziel sind die sieben Kanarischen Inseln, die zum Herrschaftsgebiet der spanischen Krone gehören.

Passatwinde: Winde, die von Osten in Richtung Westen wehen.

Kolumbus weiß, dass in diesen Breiten **Passatwinde** herrschen, die die Schiffe in Richtung Westen treiben werden. Doch bevor sie die Inseln erreichen können, gibt es Schwierigkeiten: Die Winde sind ungünstig, und das Steuerruder der *Pinta* wird auf unerklärliche Weise so stark beschädigt, dass es kaum noch zu gebrauchen ist.

Das Schiff ist doch eigentlich in gutem Zustand! Ist etwa ein Matrose mit Absicht nachlässig gewesen? Kolumbus hat bestimmt nicht nur Freunde an Bord. Er stellt ein unerschütterliches Selbstbewusstsein zur Schau, das ihm manche als Überheblichkeit auslegen. Sein erstaunlicher Aufstieg zum Admiral und sein Erfolg bei den Adligen und am Hofe erregen Ver-

wunderung. Zudem ist die Kirche eine Gegnerin seiner Pläne, und auch Portugal ist gewiss nicht daran interessiert, dass er sein Vorhaben erfolgreich abschließen kann. Gründe, um auf ihn neidisch zu sein und ihm schaden zu wollen, gibt es wahrlich genug!

Die *Pinta* schafft es bis nach La Gomera, eine der Kanarischen Inseln. Die Reise hat zwar kaum begonnen, doch dieser Zwischenstopp kommt zum richtigen Zeitpunkt. Das Wasser in den Fässern ist kaum noch genießbar, und für die Fahrt über den Ozean müssen noch weitere Vorbereitungen getroffen werden. Die dreieckigen Segel der *Niña* werden durch viereckige ersetzt, um auch **vor dem Wind segeln** zu können.

Kolumbus bleibt länger als ursprünglich beabsichtigt auf der Insel. Einige Mitglieder aus der Mannschaft vermuten, er habe sich in die Tochter des dortigen Gouverneurs verliebt.

vor dem Wind segeln: genau in Windrichtung segeln.

Das echte Abenteuer beginnt am Morgen des 6. September, als die Schiffe auf den gefürchteten und geheimnisvollen Ozean hinaussegeln. Der Großteil der Mannschaft vertraut Kolumbus, einige Matrosen sprechen jedoch ihre Zweifel an dem Vorhaben offen aus. Um sie zu beruhigen, muss Kolumbus ihnen erneut sagenhafte Reichtümer versprechen.

Rodrigo ist ein mutiger, ja ein tollkühner Mann, doch selbst er muss immer wieder an die Geschichten denken, die man sich über dieses geheimnisvolle Meer erzählt, an die Meeresungeheuer, für die eine Karavelle nur ein winziger Strohhalm ist, an Kraken, riesige Wale und Seeschlangen, dazu heulende Stürme, Blitz und Donner, alles verschlingende Wolkenbrüche, die Meer und Himmel zu einer Einheit verschmelzen lassen. Noch schlimmer sollen angeblich die so genannten **Bonanzas** sein, die Schiffe über Tage, ja über Wochen bewegungslos auf der Stelle treiben lassen ... Vergeblich versucht er, diese schrecklichen Gedanken zu vertreiben, indem er sich sagt, dass die Matrosen, die diese Geschichten in den Hafenkneipen erzählen, bestimmt maßlos übertreiben ... Nachprüfen kann sie ohnehin niemand! Doch Tatsache ist, dass viele Schiffe von ihren Reisen nicht mehr zurückgekehrt sind.

Bonanzas: spanischer Ausdruck für Flauten, also Zeiten, in denen überhaupt kein Wind weht.

Seit zwei Tagen ist das Meer ruhig, die Winde wehen gleichmäßig, und die Schiffe kommen gut voran. Nichts stört die Ruhe an Bord.

Die Karavellen sind für Entdeckungsfahrten ideal, da sie schnell und wendig sind und deshalb besonders geeignet für lange Reisen. Sie halten selbst schweren Stürmen stand, und durch ihren geringen Tiefgang können die Matrosen sie im Fall des Kenterns leicht verlassen.

Sanlúcar de Barrameda

Die Ausgangshäfen
Im 16. Jahrhundert gibt es zwei Häfen, von denen die Expeditionen in die Neue Welt starten: Sanlúcar de Barrameda, an der Mündung des Guadalquivir, und Cadiz. Von dort startet auch die zweite Expedition des Kolumbus mit siebzehn Karavellen und etwa eintausendfünfhundert Kolonisten.

Formen von Karavellen
Das hier abgebildete Schiff ist typisch für das 16. Jahrhundert. Zu dieser Zeit gibt es zwei Formen von Karavellen: Die Latein-Karavelle mit dreieckigen Segeln und die „runde" Karavelle, die mit drei Masten ausgerüstet ist, von denen zwei mit quadratischen Segeln und einer mit einem dreieckigen Segel bestückt sind.

Ansicht von Sevilla mit Hafen im 16. Jahrhundert

Sevilla
In diesem wichtigen Hafen liegt das Amt, das die Expeditionen und den Handel mit der Neuen Welt regelt: die Casa de la Contratacion. Die Schiffe fahren den Guadalquivir hinauf, um dort ihre Fracht auszuladen. Die Waren werden dann im so genannten „goldenen Turm" gelagert. Im 16. Jahrhundert hat Sevilla 300 000 Einwohner.

„SEIT ZWEI TAGEN IST DAS MEER RUHIG, DIE WINDE WEHEN GLEICHMÄSSIG, UND DIE SCHIFFE KOMMEN GUT VORAN."

Modell der Santa María

Kolumbus' Schiffe
Die *Santa María* ist eine Karacke mit einer Größe von 233 Tonnen. Sie ist 39 Meter lang und behäbiger als die *Pinta*, die nur 17 Meter lang ist. Auch die *Pinta* verfügt über viereckige Segel und hat eine Größe von 60 Tonnen. Auf ihr segelt Kolumbus bei seiner ersten Reise nach Lissabon zurück. Die *Pinta* wird auch an den beiden nächsten Reisen teilnehmen.

Über den Atlantik

Kolumbus steht auf dem **Heck** der *Santa María* und beobachtet das Geschehen an Bord. Er kann stundenlang auf den Beinen bleiben, ohne zu ermüden. Seit zehn Tagen verläuft die Reise ohne Zwischenfälle, doch er weiß, dass dieser Zustand nicht von Dauer sein wird. Gegenüber der Mannschaft gibt er sich energisch, fast streng, denn Disziplin ist wichtig, damit die Expedition planmäßig verlaufen kann.

Abends schließt er sich in seiner Kajüte auf dem **Hinterdeck** ein, wo er Einträge in sein Logbuch macht. Er ahnt, dass die Reise länger dauern wird als vorgesehen und dass seine Männer ihn dafür verantwortlich machen werden. Deshalb trägt er weniger Seemeilen in sein Logbuch ein, als sie tatsächlich zurückgelegt haben. Die tatsächliche Anzahl der **Knoten**, die regelmäßig mit einem **Log** gemessen wird, notiert er in einem anderen Buch.

Am 16. September segelt die Flotte durch ein mit Seetang bedecktes Meer, und sie verlieren an Fahrt. Eine Art lebender hellgrüner Teppich liegt auf der Meeresoberfläche und behindert ihre Weiterfahrt.

Heck: hinteres Ende eines Schiffes.
Hinterdeck: Holzaufbau am Heck, in dem sich die Kapitänskajüte befindet.
Knoten: Entfernungseinheit, in der man auf See die zurückgelegte Strecke misst.
Log: Fahrgeschwindigkeitsmesser eines Schiffes.

Die Matrosen machen sich Sorgen und flüstern miteinander, einige sprechen sogar von Umkehr.

Es ist nicht leicht, die Mannschaft unter Kontrolle zu halten: Die Männer leben sehr beengt und können auf den harten Holzplanken nur schlecht schlafen. Dazu kommen Hitze, schlechte Luft und kaum Licht auf dem Zwischendeck. Gewalttätige Auseinandersetzungen sind deshalb an der Tagesordnung.

Häufig beschweren sich die Matrosen bei Alonso, dem Bordarzt.

„Wenn das so weitergeht, dann werde ich bald zu einem Fall für dich! Wenn es dann nicht schon zu spät ist! Ich kann mich kaum noch auf den Beinen halten!", dröhnt ein kräftiger Mann, der ständig Hunger und Durst hat.

„Die Rationen sind mehr als ausreichend, Martinez, und gestern hast du mehr Wein als alle anderen getrunken! Erzähl mir nicht, dass du den Gefängnisfraß vermisst!"

„Wo du das Gefängnis erwähnst: Hat man mir nicht das Leben eines Prinzen versprochen? Dieser Wein ist so stark und bitter, dass ich ihn wieder ausspucken musste! Danach habe ich ein wenig Meerwasser getrunken, weil das Wasser aus den Tonnen so fürchterlich stinkt. Die ganze Nacht ging es mir dreckig!"

„Wie oft muss ich dir noch sagen, dass Meerwasser den Körper innerlich verbrennt?"

Juan Martinez, ein Andalusier wie die meisten Matrosen, hat die Gefahren einer Reise ins Ungewisse den kalten und feuchten Kellern des Gefängnisses von Sevilla vorgezogen. Er

weiß die Gelegenheit zu schätzen, die sich ihm dadurch geboten hat, aber das ändert nichts daran, dass er einen schimmeligen Schiffszwieback allen schönen Worten vorziehen würde. Schulterzuckend macht er sich daran, das Segel auszubessern.

An Bord brechen erste Krankheiten aus. Weit mehr gefürchtet als die Fieberanfälle, die die Männer in ein **Delirium** fallen lassen, ist die **Ruhr**, gegen die selbst Meister Diego, der Apotheker, machtlos ist. Keiner an Bord ist dagegen gefeit, selbst die Kräftigsten kann es treffen. Da hilft nur noch Gottvertrauen.

Die Männer wachen und schlafen abwechselnd, so sind Tag und Nacht immer alle Posten besetzt.

Delirium: Bewusstseins- und Orientierungsstörungen.
Ruhr: eine schwere Durchfallerkrankung.

Wenn sie nicht gerade schlafen, spielen sie heimlich Domino oder würfeln.

„Alonso, reg dich nicht auf! Komm aufs Zwischendeck, wir machen ein Spielchen! Bald werden wir reich sein!"

„Ich angele lieber weiter, damit du frischen Fisch zu essen bekommst. Das ist gut gegen deinen Hunger."

Am 7. Oktober schließlich verwandelt sich die Unruhe der Mannschaft in Angst. Wie lange kann es noch dauern, bis sie Cipangu erreichen? Der Ozean scheint kein Ende zu nehmen!

Kolumbus überprüft ständig seine Berechnungen, doch sie stimmen mit denen aus dem Bordbuch des Sanchez aus Huelva, dem Matrosen, den er auf Madeira getroffen hat, überein. Nach ihnen hätten sie bereits vor ein bis zwei Tagen die Ostküste Asiens erreichen müssen! Aber Kolumbus ist sich sicher: Diese Expedition steht unter dem Schutz Gottes! Er muss Ruhe bewahren, um dem Unmut der Mannschaft mit Entschlossenheit zu begegnen. Das Land kann nicht mehr weit entfernt sein, dessen ist er sich sicher.

Schätzungen: Kolumbus bestimmt den Kurs nach der vermuteten Position des Schiffes, ohne Hilfe von Navigationsinstrumenten.

Auch den Gebrüdern Pinzón kommen allmählich Zweifel, und selbst Juan de la Cosa kann sich nicht mehr zurückhalten.

„Admiral Kolumbus, seit einem Monat schon segeln wir in Richtung Westen. Ich bin sicher, dass wir einen südlicheren Kurs einschlagen müssen. Pinzón teilt meine Ansicht. Meiner Meinung nach werden wir dort auf die Goldminen stoßen."

Mit diesem Einwand hat Kolumbus bereits gerechnet.

„Du bist ein fähiger Navigator, aber ich habe gute Gründe, mich auf meine **Schätzungen** zu verlassen. Die Winde werden uns bis ins Land des Großen Khan führen, das dort liegt, wo die Sonne untergeht."

„Ihr habt doch gewiss auch die Vogelschwärme gesehen, die nach Süden ziehen. Es kann keinen Zweifel daran geben, dass sie uns den richtigen Weg weisen ..."

Christoph beschließt, in diesem Punkt nachzugeben.

„Vielleicht hast du Recht ... Ändere den Kurs auf Südwest, während ich mich darum kümmere, die Mannschaft zu beruhigen. Pinzón hat mir geraten, hart durchzugreifen, aber ich glaube, in unserer momentanen Situation wäre das zu gefährlich. Um mehr als zwei, drei Tage kann ich mich nicht geirrt haben, so lange kann ich die Männer ruhig halten. Außerdem haben wir noch Lebensmittel ..."

„Aber nur noch sehr wenige. Eine Umkehr ist unmöglich, wir müssten alle verhungern."

„Wer spricht denn von Umkehr? Cipangu ist nicht mehr weit, ich spüre es."

Das Wetter ist schön, der Wind günstig und die Mannschaft scheint sich beruhigt zu haben. Doch wie lange?

Die Zeichen, dass das Festland näher kommt, häufen sich und bestärken die Zuversicht des Kapitäns. Immer mehr Vögel werden gesichtet – irgendwo müssen sie doch ihre Nester haben! Vor den Kielen der Schiffe schwimmen kleine Äste und Schilfrohr auf den Wellen, auch sie können nur vom Festland stammen.

Maravedi: alte spanische Münze.

Um die Mannschaft bei Laune zu halten, hat der Admiral demjenigen, der zuerst Land sieht, eine hohe Belohnung in Aussicht gestellt: zehntausend **Maravedis**. Am Abend des

11. Oktober glaubt er, in der Ferne ein Licht zu sehen, und macht die Mannschaft darauf aufmerksam. Doch es verschwindet wieder. Die Nacht ist recht klar, und Rodrigo de Triana, der den Ausguck der *Pinta* besetzt, versichert, in der Ferne einen vom Licht des Mondes beleuchteten Streifen Sandstrand gesehen zu haben. Er ist es auch, der gegen zwei Uhr morgens den so lange ersehnten Schrei ausstößt.

„Land in Sicht!"

Die ganze Mannschaft versammelt sich an Deck und singt zum Dank Gottes ein **Salve Regina**. Der Admiral der Ozeanischen Meere hat sein Ansehen wiedererlangt. Die Belohnung beansprucht er für sich selbst!

Salve Regina: Kirchenlied zu Ehren der Jungfrau Maria.

Ganze sechsunddreißig Tage hat es gedauert, bis sie von den Kanaren aus die Inseln erreicht haben, die sie für die von Marco Polo beschriebenen halten. Doch sie irren sich.

Die Kunst der Navigation

ist im 15. Jahrhundert so weit fortgeschritten, dass auch Fahrten über das Mittelmeer hinaus unternommen werden. Tagsüber müssen sich die Schiffe nach der Sonne und nachts nach dem Polarstern richten.

Astrolabium

Das Logbuch

Kolumbus vertraut darauf, dass seine Reise unter einem guten Stern steht. Er notiert in seinem Logbuch: „Daher habe ich mir vorgenommen, Tag für Tag auf das Gewissenhafteste alles niederzuschreiben, was ich auf dieser Reise tue, sehe und erlebe ... Vor allem darf ich so wenig wie möglich schlafen, denn ich muss immerfort meinen Kurs beobachten."

Astronomen

Astronomen

Zu Kolumbus' Zeiten ist die Kenntnis der Sternbilder und ihrer Bewegungen mehr Astrologie (Sterndeutung) als Astronomie (Wissenschaft der Sterne). Am Ende des 15. Jahrhunderts gibt es noch keine systematischen Aufzeichnungen zum Thema Navigation.

Die Navigationsinstrumente

Kolumbus stehen nur wenige Navigationsinstrumente zur Verfügung. Er besitzt mit Sicherheit einen Stechzirkel, einen Magnetkompass und ein Astrolabium, ein astronomisches Instrument.

„KOLUMBUS STEHT AUF DEM HECK DER *SANTA MARÍA* UND BEOBACHTET DAS GESCHEHEN AN BORD.“

Kolumbus' Aufbruch ins Ungewisse

Vicente Yáñez Pinzón

Bilder von Kolumbus
Sie werden erst nach seinem Tod angefertigt, und alle sind verschieden! Die Darstellung von Ghirlandaio entspricht am ehesten der Schilderung seines Sohnes: rötliche Gesichtsfarbe, Adlernase und weiße Haare.

Bildnis des Christoph Kolumbus nach Ghirlandaio

Die Gebrüder Pinzon
Sie spielen bei den Entdeckungsreisen eine große Rolle. Während der ersten Reise ist Martín Alonso Pinzón Kapitän auf der *Pinta*. Sie ist schneller als die anderen Schiffe und trennt sich sogar für sechs Wochen von ihnen. Pinzóns Ziel ist es, auf der Rückfahrt Spanien vor Kolumbus zu erreichen und den Ruhm der Expedition für sich zu beanspruchen. Sein Bruder Vicente Yáñez Pinzón ist Kapitän der *Niña*. Im Jahr 1500 überquert er den Äquator und entdeckt die Mündung des Amazonas und die Küste Brasiliens. Sein Weg führt ihn weiter südlich bis zum Rio de la Plata.

Ein Vorgeschmack auf das Paradies

Im Morgengrauen gehen die Schiffe vor Anker. Christoph Kolumbus und die Brüder Pinzón lassen sich in einer **Schaluppe** an Land rudern. Als sie den weißen Strand betreten, entrollen sie das **Banner** der spanischen Könige. Der sichtlich bewegte Admiral wendet sich an die Offiziere Rodrigo de Escovedo und Rodrigo Sanchez de Segovia.

„Ihr seid meine Zeugen, dass ich diese Insel im Namen der spanischen Könige in Besitz nehme!"

Schaluppe: kleines Boot.
Banner: die Flagge eines Königs oder eines Adligen.

Nun nähern sich auch die anderen Boote, mit denen die Mannschaft auf die so lang ersehnte Insel übersetzt. Die Männer sind ungeduldig und wollen so schnell wie möglich die Insel erforschen. Schnell sind sie von erfreut aussehenden dunkelhäutigen Menschen umgeben, die sich ins Meer stürzen und auf sie zuschwimmen. Alle sind jung und unbekleidet, doch Scham scheint ihnen fremd zu sein. Sie überreichen den Ankömmlingen Baumwollkapseln und Papageien zur Begrüßung.

„Ich frage mich, ob auch die Frauen keine Kleider tragen", sagt Juan Martinez mit einem breiten Grinsen. Er beschwert sich über gar nichts mehr. Hier ist es genauso warm wie in

Almería, es gibt Bäume wie in der Ebene vor Granada, doch alles ist noch viel grüner, und dann diese Vögel ..."

Almería: Mittelmeerhafen in Andalusien.

Kolumbus überreicht den Bewohnern der Insel Glasperlenketten und kleine Glöckchen, für die die dunkelhäutigen Männer bereitwillig ihren goldenen Nasenschmuck eintauschen. Überrascht von der Freundlichkeit und der Lebensfreude der Inselbewohner, vertraut er Vicente Yáñez Pinzón an: „Ich glaube, es wird einfach sein, sie zu guten Christen zu machen, und auch als Sklaven werden sie sich gut eignen."

Pinzón nickt, kann sich die Bemerkung aber nicht verkneifen: „Sie sind jung, schön und lebenslustig, so als seien sie eben dem Paradies entsprungen. Die Untertanen des Großen Khan habe ich mir offen gestanden anders vorgestellt."

Kolumbus antwortet nicht. Obwohl er von der neu entdeckten Landschaft überwältigt ist, verliert er sein eigentliches Ziel nicht aus den Augen.

„Diese Insel wollen wir San Salvador nennen, zu Ehren unseres Erlösers Jesus Christus."

„Wer sind diese Leute, und welche Sprache sprechen sie?", möchte Rodrigo de Escovedo wissen.

„Luis, du kennst doch alle Sprachen, die Gott den Menschen im **Turm von Babel** gegeben hat, frage sie, wer ihr König ist und welchen Gott sie verehren!"

Der junge Dolmetscher betrachtet die Männer, die ihren Körper und ihre Gesichter mit Mustern bemalt haben und denen dichtes schwarzes Haar in die Stirn fällt. Er überlegt, in welcher Sprache er sich an sie wenden soll. Einer von ihnen

Turm von Babel: Laut der Bibel bestrafte Gott die Menschen, die den Turm zu Babel gebaut hatten, damit, dass sie verschiedene Sprachen sprechen mussten.

schaut ihn besonders freundlich an, und weil er irgendjemanden ansprechen muss, wendet er sich schließlich an ihn.

„Wer seid ihr? Wie heißt ihr? Wer ist der König dieses Landes?"

Luis Torres hat seine Fragen auf Hebräisch gestellt, dann auf Arabisch. Er versucht es natürlich auch mit Latein und **Chaldäisch** und erhält jedes Mal ein noch strahlenderes Lächeln, vage Gesten und einige völlig unverständliche Worte zur Antwort. Er wagt trotzdem eine Übersetzung.

„Nach ihren Gesten und nach ihrer Begeisterung zu urteilen, halten sie uns für vom Himmel gesandte Wesen."

Kolumbus lächelt zufrieden. Diese Wilden mit der breiten Stirn, den intelligenten Augen – alle jung und gut gebaut: Sie werden Gottes Wort willig folgen! Seine Mission ist auf einem guten Weg!

Zwei Tage sind vergangen. Die Mannschaft genießt das Leben auf der Insel und macht es sich in den Hängematten bequem. Sie werden herzlich empfangen: Der **Kazike** des Dorfes schickt ihnen Früchte, gegrillten Fisch und bietet ihnen sogar Frauen an! Die Männer haben die Angst der Überfahrt vergessen. Nach und nach erkunden sie die Insel und entdecken, dass sie von klaren Bächen durchzogen ist, die für eine üppige **Vegetation** sorgen. Bunt schillernde Papageien fliegen von Baum zu Baum, die Luft ist von Wohlgerüchen erfüllt.

Der Admiral der Ozeanischen Meere genießt wieder das Ansehen seiner Mannschaft. Er möchte die

Chaldäisch: die Sprache Mesopotamiens.
Kazike: spanische Bezeichnung für einen Edelmann, hier ein König oder ein indianischer Feldherr.
Vegetation: Pflanzenwelt.

Expedition unbedingt fortsetzen, denn er ist überzeugt, dass es in südlicher Richtung weitere Inseln mit unermesslichen Goldschätzen geben muss. Seiner Meinung nach leben dort mächtigere und reichere Völker. Er spricht mit seinem Freund Diego de Arana.

„Für unsere Weiterreise brauchen wir ortskundige Führer. Wähle mir sechs oder sieben Eingeborene aus, und bringe sie an Bord. Gib jedem eine Glasperlenkette!"

Diego lässt lange auf sich warten. Schließlich kehrt er zurück, aber alleine.

„Admiral, die Eingeborenen weigern sich, ihre Insel zu verlassen. Ich habe versucht, einige zu den Schiffen zu locken, aber sie sind geflohen. Und um sie einzuholen ..."

Kolumbus lässt seinem Unmut freien Lauf.

„Herr im Himmel! Dann bringt sie mit Gewalt aufs Schiff! Erkläre ihnen, dass sie bald zurückkehren werden ... Ich verlasse mich auf dich. Ich will sie noch vor Sonnenuntergang auf dem Schiff sehen!"

„Ich werde mich darum kümmern, aber ich fürchte, das Problem ist vor allem ihre Angst vor einem grausamen Volk, das die Eingeborenen die ‚Karaiben' nennen. Anscheinend greifen diese Karaiben immer wieder einmal die Inseln an und entführen manchmal sogar die Bewohner ...", antwortet Arana.

„Ich weiß, einige haben mir ihre Narben gezeigt, die aus heftigen Kämpfen stammen. Geh deshalb nicht zu hart mit ihnen um, ich lege Wert auf ihre Freundschaft!"

„Natürlich, ich werde ihnen nichts tun", entgegnet Arana.

„Außerdem besitzen sie kaum Waffen. Sie kennen kein Metall. Einer von ihnen hat sich dabei verletzt, als er in die Klinge meines Schwertes gegriffen hat!“

Mit sieben zusätzlichen Passagieren an Bord verlassen die Schiffe den paradiesischen Ort. Noch sehr verängstigt, geben die Inselbewohner dem Admiral zu verstehen, dass es in der näheren Umgebung zahlreiche Inseln gibt. Sie fahren oft von einer zur anderen, wobei sie lange Boote benutzen, die sie **Kanus** nennen.

Kanus: Boote, die aus einem ausgehöhlten Baumstamm gefertigt werden.

Am Morgen des 16. Oktober erreichen die spanischen Schiffe eine weitere, größere Insel. Wie beim letzten Mal betritt Kolumbus den Strand mit der Flagge in der Hand.

„Im Namen der spanischen Könige nehme ich diese Insel in Besitz. Sie soll den Namen Santa Maria tragen.“

Die Bewohner der Insel tragen zwar Nasenschmuck und Armreifen, doch Kolumbus ist enttäuscht, denn er hatte auf mehr Gold gehofft. Diese nackten Wilden sind zwar freundlich, aber arm! Nach kurzem Aufenthalt setzt er seine Reise fort.

Als sie etwas später eine noch größere Insel erreichen, springt einer der Führer über Bord und schwimmt davon. Nachdem sie an Land gegangen sind, versuchen einige Seeleute, ihn wiederzufinden. Doch ihre Suche bleibt vergeblich, und sie zwingen einen anderen Eingeborenen, an Bord der *Niña* zu kommen. Er zittert vor Angst und hält ihnen scheu etwas Baumwolle als Gastgeschenk entgegen.

„Ich bin der Meinung, wir sollten jede Gewalt gegenüber

diesen unschuldigen Geschöpfen vermeiden", weist Kolumbus die Mannschaft zurecht.

Er zieht dem jungen Mann eine rote Wollmütze über den Kopf, legt ihm einige Glasperlenketten um den Hals und lässt ihn auf einer Schaluppe wieder an Land bringen.

„Er wird allen von seiner Bewunderung und seiner Dankbarkeit für die vom Himmel geschickten Männer erzählen. Das wird uns den Weg zu ihren Reichtümern erleichtern. Zu Ehren unseres Königs soll diese Insel Ferdinandia heißen", setzt er hinzu.

Die Pflanzenwelt scheint noch üppiger, noch bunter zu sein.

„All diese Pflanzen sind mir fremd", stammelt Martinez, der sein Leben in Andalusien verbracht hat. Früchte, Blumen – hier ist alles zum Greifen nah! Arbeiten muss man hier nicht! Allerdings gibt es kaum Tiere.

Die nächste Insel erhält den Namen Isabella, eine weitere wird Juana genannt. Überall liegt ein köstlicher Duft in der Luft. Kolumbus ist begeistert und verkündet: „Das ist das herrlichste Land, das Menschen je gesehen haben. Hier könnte man ewig leben!"

Luis Torres unterbricht ihn.

„Admiral, habt Ihr bemerkt, dass einige Eingeborene sich zusammengerollte Blätter an die Lippen halten, die sie anzünden und deren Rauch sie dann einatmen? Sie nennen die Blätter Tabak. Wer es einmal probiert hat, will nie wieder davon lassen, sagen sie!"

„Du machst Fortschritte, Luis, du verstehst sie immer besser!", entgegnet ihm Kolumbus lachend.

Luis Torres fährt fort.

„Sie haben mir noch von einer anderen Insel erzählt, die einige Haiti, andere Quisqueya nennen …“

Für Kolumbus ist sofort klar, dass Quisqueya nur die berühmte Stadt Quinsay an der chinesischen Küste sein kann, die Marco Polo mit so großer Begeisterung beschrieben hat.

<u>Die Natur der Tropen</u> übt auf Kolumbus' Männer und auch auf ihn selbst eine große Faszination aus. Sie stammen alle aus Mittelmeerländern, und tropische Landschaften sind ihnen völlig fremd. Kolumbus kann gar nicht aufhören, von der üppigen Pflanzenwelt, dem Wasserreichtum, der Vielfalt der Früchte zu schwärmen, von den Vogelstimmen und den Düften, die die Luft erfüllen. Hier erleben die spanischen Seeleute das Paradies auf Erden!

Strand auf Haiti

Manatis
Diese Seekühe (ihr Name stammt aus der Arawak-Sprache) sind sehr große Säugetiere, die an Flussmündungen leben und sich von Wasserpflanzen ernähren. Von diesen friedlichen Tieren rührt mit Sicherheit der alte Mythos der Sirenen.

Kubanische Königspalme

„Das ist das herrlichste Land, das Menschen je gesehen haben!"

Manati

Palmen
Auf allen Bildern, die die Neue Welt beschreiben, sind Palmen abgebildet. Sie sind das Sinnbild des Fremden, Exotischen.

Kolumbus' Karte
Diese Karte, auf der sehr sorgfältig die Nordküste der Insel Hispaniola (heute: Haiti und Santo Domingo) festgehalten ist, stammt von Kolumbus selbst. Man erkennt auch das Fort La Navidad.

Die Landschaft

Die Landschaft auf den Bahamas und den Antillen ist sehr vielfältig: mit Kokospalmen bewachsene Strände, dicht mit Bäumen bewachsene Berge, weite Ebenen ... Vor allem auf Kuba, Hispaniola, Puerto Rico und Jamaika sind die verschiedensten Landschaftsformen zu beobachten.

Die Vögel

Die Europäer sind überwältigt von der großen Zahl und der Artenvielfalt der Vögel, ihrer Farbigkeit und ihrem Gesang. Kolumbus führt auf seinen Schiffen viele Papageien mit. Vespucci bemerkt in seinem Bericht, dass man manchmal vor lauter Vögeln den Himmel nicht sieht.

Regenwald in Haiti

Hispaniola-Amazone, heute ein seltener Vogel auf Haiti

Hispaniola

Die *Santa María* und die *Niña* **dümpeln** nahe der Küste der sagenumwobenen Insel Quisqueya, um einen geeigneten Ankerplatz zu finden. Einige Tage zuvor hat Kolumbus dort an einer **Flussmündung** ein großes Kreuz aufstellen lassen und die Insel „Hispaniola" getauft.

„Die Männer und Frauen hier sind noch schöner als auf den anderen Inseln", stellt Martinez begeistert fest.

„Du musst es wissen!", entgegnet Luis betont ernsthaft. „Doch trotzdem scheint mir der Admiral enttäuscht zu sein. Schon an der Kleidung kann man erkennen, dass auch diese Männer und Frauen keine Untertanen des Großen Khan sein können."

dümpeln: Bewegung eines Schiffes, das keinen festen Kurs hat, sondern sich von Wind und Wellen treiben lässt.
Flussmündung: die Stelle, an der ein Fluss ins Meer fließt.

In dieser Weihnachtsnacht an Bord der *Santa María* wirkt Kolumbus müde und sorgenvoll. Er spürt noch immer den Zorn, den das Verschwinden der *Pinta* in der Nacht vom 20. auf den 21. November in ihm ausgelöst hat.

„Ich weiß, dass Martín Pinzón mich nicht mochte", vertraut er Juan de la Cosa an. „Er wollte von Anfang an die Früchte dieser Reise allein ernten und hat uns nur zum Schein begleitet. Deshalb hat er jetzt die Schnelligkeit und die Wendigkeit der *Pinta* ausgenutzt."

„Das stimmt, Pinzón liebt das Gold. Außerdem fällt es ihm schwer, Befehle zu empfangen, denn bisher hat er sie immer selbst gegeben. Aber an Verrat glaube ich trotzdem nicht!", antwortet Juan de la Cosa.

Die *Niña* liegt in Sichtweite des Dorfes, in dem Kolumbus den obersten Kaziken Guacanagari treffen will. Doch da der Wind nur schwach ist – es weht kaum ein Lüftchen –, kann die *Santa María* sie nicht einholen. Es ist elf Uhr abends, und Kolumbus entschließt sich, etwas zu schlafen. Darum vertraut er das Steuer einem Matrosen an. Doch auch der ist müde und gibt die Aufgabe an einen Schiffsjungen weiter.

„Übernimm das Ruder, Andresito, aber wecke mich, falls sich das Wetter ändert!"

Der Junge ist begeistert. Zum ersten Mal darf er den Platz des **Steuermanns** übernehmen!

Steuermann: Seemann, der für das Steuer verantwortlich ist.

Das Land ist in unmittelbarer Nähe. Es weht zwar kein Wind, aber die Strömung treibt das Schiff voran. Gegen Mitternacht reißt ein gewaltiges Krachen die Männer aus dem Schlaf: Das Flaggschiff ist auf Grund gelaufen.

Kolumbus ist als Erster an Deck und erkennt sofort den Ernst der Lage.

„Gebt der *Niña* ein Zeichen!", befiehlt er, ohne seine Beherrschung zu verlieren. „Wir müssen die Ladung in Sicherheit bringen."

„Wird das Schiff sinken?“, fragt Andresito mit ängstlicher Stimme.

Doch der Admiral beruhigt ihn. „Dieser Unfall war Gottes Wille, dich trifft keine Schuld. Es ist Mitternacht, und wir haben Weihnachten: Das kann nur ein Zeichen Gottes sein – wir sollen umkehren.“

Kolumbus hat die Fähigkeit, sich einer veränderten Situation schnell anzupassen. Trotz des Alleingangs von Martín Pinzón und dem Verlust der *Santa María* glaubt er fest daran, dass seine Fahrt ein gutes Ende nehmen wird.

Einige Stunden später nähern sich die Männer Guacanagaris mit ihren Kanus und helfen den Spaniern, die Schiffsladung zu bergen.

Zwei Tage nach dem Schiffbruch taucht die *Pinta* am Horizont auf. Kolumbus schickt ein Boot zu ihr hinüber, um Pinzón aufzufordern, sich ihm wieder anzuschließen. Er hat sich also doch nicht abgesetzt! In seinem an Pinzón gerichteten Brief verbirgt Kolumbus seinen Zorn nicht. Der Kapitän hat ihm zu gehorchen, denn die schnelle *Pinta* könnte Spanien auf der Rückreise vor seinem eigenen Schiff erreichen. Und für die Rückfahrt wird es allmählich höchste Zeit!

Kolumbus erkennt, dass ein einziges Schiff zu klein für die gesamte Mannschaft ist, und beschließt deshalb, ein Drittel der Männer auf der Insel zurückzulassen. Er ist sich sicher, dass es mehr als genug Freiwillige geben wird.

„Mit den Resten der *Santa María* werden wir eine Festung bauen, die ein Zeichen für unsere Anwesenheit auf der Insel

Katapult: Wurfmaschine, mit der Steine geschleudert werden.

und für die Herrschaft Spaniens über das Indische Meer sein soll", entscheidet er.

Nach zehn Tagen ist die Festung fertig, die zu ihrem Schutz von einem Graben umgeben ist. In ihr lagern alle Vorräte der *Santa María*. **Katapulte** und leichte Kanonen sollen die einfache hölzerne Siedlung verteidigen. Außerdem soll auch Guacanagari für ihre Sicherheit sorgen. Der ist froh darüber, den Angriffen der gefürchteten Menschen fressenden Karaiben künftig gut bewaffnet begegnen zu können.

„Die Festung, die wir mithilfe der Untertanen unseres Freundes Guacanagari gebaut haben, soll La Navidad, die Weihnachtssiedlung, heißen, zur Erinnerung an jene Nacht,

in der Gott uns das Leben gerettet hat und der Heiland geboren wurde", verkündet Kolumbus.

Danach bestimmt er neununddreißig Seeleute, die auf der Insel bleiben und ihre Rückkehr abwarten sollen. Dass sie zurückkehren werden, steht für ihn außer Frage! Vor der Abfahrt wendet er sich an die gesamte Mannschaft.

„Ich gebe euch den guten Rat, die Bewohner der Insel Hispaniola freundlich zu behandeln, so wie es bis jetzt üblich war. Versucht, mithilfe von Guacanagaris Männern die Goldminen zu finden! Das Kommando übertrage ich Diego de Arana. Rodrigo de Escovedo und Pedro Gutiérrez werden ihm zur Seite stehen. Du, mein kluger Luis Torres, versuche die Sprache dieser Menschen zu erlernen, denn sie zu verstehen ist wichtig

für uns! Außerdem werden mit Juan und Alonso zwei Männer hier bleiben, die sich mit der Heilung von Krankheiten auskennen. Aber ich glaube, Krankheiten gibt es hier gar nicht, ihr seid also völlig sicher."

Zu Pedro Gutiérrez, dem Chronisten der Reise, gewandt, fügt er hinzu: „Und du wirst genug Zeit haben, deine Notizen zu ordnen und niederzuschreiben. Sei genau, und halte auch die kleinste Einzelheit fest! Von unserer Reise wird man noch lange sprechen!"

Am Vorabend der Abfahrt der *Niña* gibt Guacanagari zu Ehren der Spanier ein Fest. Kolumbus nutzt die Gelegenheit, ihn zu beeindrucken, und lässt eine Kanonenkugel auf das Wrack der *Santa María* abfeuern. Die Karaiben sollen nur kommen!

Auch einige Tainos – so nennen sich die Männer und Frauen der Insel – werden an Bord der *Niña* gebracht, um sie am spanischen Hof vorzuführen. Später sollen sie als Dolmetscher dienen.

Am 4. Januar 1493 lichtet die *Niña* den Anker. An Bord sind dreißig Matrosen, sieben Tainos, Vicente Yáñez Pinzón, Juan de la Cosa und Christoph Kolumbus. Zwei Tage später erreichen sie die *Pinta*. Das Zusammentreffen der beiden Kapitäne ist spannungsgeladen. Kolumbus glaubt nicht an die gestammelten Erklärungen Martín Alonso Pinzóns, der ihm etwas von ungünstigen Winden und unvorhergesehenen Strömungen erzählt. Doch schließlich nimmt er die vagen Entschuldigungen Pinzóns trotzdem an.

Als sie an der Küste der Insel entlang in Richtung Westen weitersegeln, treffen sie auf wild aussehende Eingeborene, die mit großen Bögen und beeindruckenden **Lanzen** bewaffnet sind, ihnen jedoch freundlich begegnen. Einer der Männer gibt ihnen zu verstehen, dass ganz in der Nähe eine Insel liegt, die ausschließlich von Frauen bewohnt wird und die **Matinino** heißt.

„Das muss Marco Polos Insel der **Amazonen** sein", folgert Kolumbus augenblicklich. „Ich muss unbedingt einige von ihnen an Bord bringen!"

Aber dann verzichtet er doch auf diesen Abstecher, denn er weiß, dass es wichtiger ist, so schnell wie möglich nach Spanien zurückzusegeln. Am 14. Februar wird der Seegang stärker, und bald bricht ein heftiger Sturm los. Durch peitschenden Regen und heulende Windböen versucht der Navigator dem Admiral zuzurufen: „Das Schiff hält dem Wind nicht stand, wir müssen die **Segel reffen**!"

„Wir müssen uns von den Wellen treiben lassen, alles andere ist zwecklos."

Auch der *Pinta* geht es nicht besser, und sie wird von der aufgewühlten See davongetragen. Zum zweiten Mal verschwindet sie in der Nacht.

Am nächsten Tag tobt der Sturm noch wütender. Die Seeleute beten und legen ihr Schicksal in die Hand der Jungfrau Maria. Sie **geloben**, eine Wallfahrt zu machen, sollten sie einen sicheren Hafen erreichen. Kolumbus betet besonders zur Jungfrau von Guadeloupe. Da er mit einem Schiffbruch rech-

Lanze: spitzer Kampfspeer.
Matinino: zu Martinique gehörende Insel.
Amazonen: legendäres weibliches Kriegsvolk.
Segel reffen: die Segel einholen.
geloben: feierlich versprechen.

net, schreibt er mit zitternder Hand die Geschichte seiner Reise und seiner Entdeckungen auf ein Stück Pergament, das er in wasserundurchlässige Leinwand einwickelt, mit Wachs versiegelt, in ein Fass steckt und ins Meer wirft. Vielleicht wird es von den Wellen in Europa an den Strand gespült und dort von jemandem gefunden ...

Im Morgengrauen können sie in der Ferne endlich einen Küstenstreifen erkennen, doch die *Niña* braucht noch zwei Tage, um die rettende Küste zu erreichen, so stark ist der Sturm. Kolumbus, der schon oft in diesen Breiten unterwegs gewesen ist, erkennt, dass es sich um Santa Maria handelt, die südlichste der **Azoren-Inseln**.

Azoren: Inselgruppe im Atlantik, 1 300 Kilometer vor Portugal gelegen.

Sie kommen also auf portugiesischem Hoheitsgebiet an Land ...

<u>DIE TAINOS</u> leben auf der Inselgruppe der Antillen. Auf seiner ersten Reise lernt sie Kolumbus als ein friedliches Volk kennen, das wie im Paradies lebt und keine sozialen Unterschiede kennt. Ihre Führer sind die Kaziken. In der Taino-Religion spielen Sonne und Mond eine beherrschende Rolle. Außerdem glauben sie an die Unsterblichkeit der Seele.

Christoph Kolumbus (oder Amerigo Vespucci) erreicht die Küste Amerikas.

Die Alte und die Neue Welt
Dieser Stich von 1560 zeigt die Begegnung zwischen einem europäischen Entdecker im Brustharnisch und einer Amazone, die für Amerika steht. Der Entdecker hält ein Astrolabium in Händen, in der Ferne erkennt man ankernde Schiffe. An seinem Stab ist ein Banner mit dem christlichen Kreuz befestigt. Außerdem hat der Künstler auch die Tierwelt Amerikas auf dem Bild verewigt.

Fischzubereitung auf einem Gitter aus Weidenstöcken

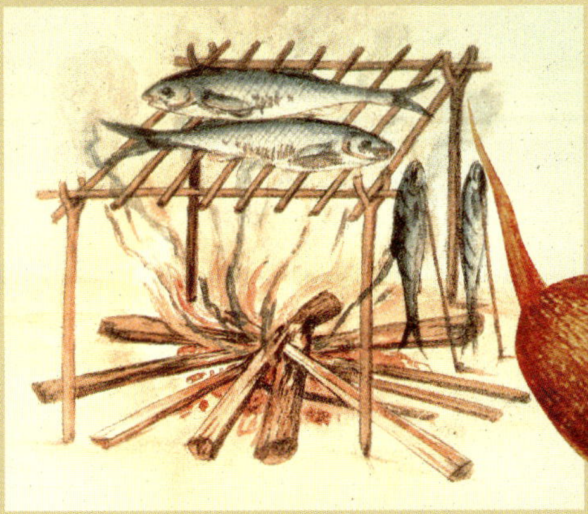

Das Leben der Indianer
Einige Tainos betreiben Ackerbau, andere sind Nomaden und leben als Jäger, Sammler und Fischer.

Ackerbau wird bei den Tainos und den Karaiben gemeinschaftlich betrieben. Die Indianer bauen vor allem Mais an, das Grundnahrungsmittel fast aller Bewohner des amerikanischen Kontinents. Außerdem ernähren sie sich von Kassavebrot, das aus Maniokwurzeln und Früchten der Yuccapalme gebacken wird.

Das Kunsthandwerk der Taino

Hauptsächlich fertigen sie dreieckige Gegenstände aus Stein, deren Bedeutung auch heute noch rätselhaft ist. Des Weiteren Vasen und Schalen aus Keramik in Form von Schiffen, in die geometrische Zeichen eingeritzt sind. Andere Objekte werden aus Holz hergestellt und stellen Menschen oder Tiere dar. Auch sie sind Zeugen der vielfältigen Kultur der Taino.

Maniokpflanze mit Wurzel

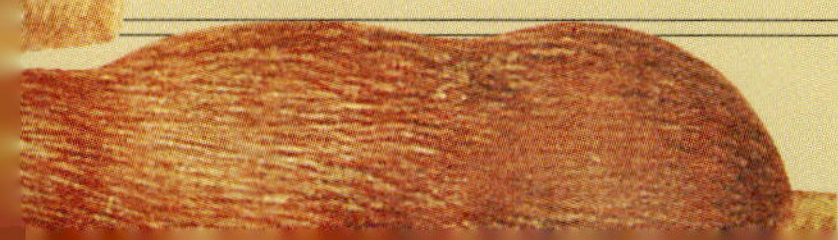

„Ich rate euch, die Bewohner Hispaniolas freundlich zu behandeln.“

Taino-Skulpturen aus Holz

Die Karaiben

Dieses Kriegsvolk paddelt in Einbäumen von Insel zu Insel. Für die Tainos stellen die Karaiben eine ständige Bedrohung dar. Sowohl Kolumbus als auch Amerigo Vespucci haben sie als schreckliche Kannibalen beschrieben. So werden sie, wie der Holzschnitt oben zeigt, auch häufig dargestellt.

Die Aufteilung der Welt

Kolumbus' Ahnung, dass ihn die Portugiesen nicht mit offenen Armen empfangen werden, bewahrheitet sich. Die Mannschaft der *Niña* **pilgert** zu einer Statue der Jungfrau Maria, um ihr für die Rettung zu danken. Auf dem Rückweg werden sie gefangen genommen. Der Admiral wägt die Lage ab und entschließt sich gegenüber dem Gouverneur der Azoren zu einem stolzen Auftreten.

„Ich bin Gouverneur der Indischen Gebiete, ernannt von Ihren Hoheiten Ferdinand von Aragon und Isabella von Kastilien. Ich fürchte, Ihr habt Euch für Euer Verhalten zu entschuldigen, und verlange die sofortige Freilassung meiner Männer!"

Der Gouverneur lenkt ein, und die *Niña* kann weiterfahren. Jetzt gilt es, keine Zeit mehr zu verlieren! Doch das Meer ist immer noch sehr aufgewühlt und das Schiff schwer auf Kurs zu halten. Am 4. März 1493 kommt die Karavelle schließlich in Sichtweite der Mündung des **Tejo** bei Lissabon.

„Dieser Hafen ist mir leider nur allzu vertraut", sagt Kolumbus seufzend zu Juan de la Cosa. „Lieber

pilgern: eine Wallfahrt machen.
Tejo: breiter Fluss, der in Spanien entspringt und in Portugal in den Atlantik mündet.

würde ich an einer anderen Stelle Schutz suchen, aber der Sturm lässt uns keine andere Wahl. Ich werde dem portugiesischen König einen Brief schreiben, er ist ein kluger Mann."

Im Hafen begegnet ihnen ein Kriegsschiff. Der berühmte portugiesische Navigator Bartholomeo Diaz lässt Kolumbus ausrichten, er möge an Bord kommen.

„Ich bin der Admiral der Ozeanischen Meere, von den spanischen Königen gesandt, und ich empfange keine Befehle! Rechenschaft bin ich allein Eurem König Johann schuldig."

Wieder einmal kann sich Kolumbus' starker Wille durchsetzen, und er wird, wie gewünscht, vom König empfangen.

Doch am portugiesischen Hof hat Kolumbus mächtige Feinde. Die Berater des Königs verbünden sich gegen den Entdecker. In ihrem Stolz verletzt und wütend über ihre eigene Fehleinschätzung, aber auch um über ihre Schande hinwegzutäuschen, schlagen sie dem König vor: „Hoheit, wir werden diesen hochmütigen Spanier zum Duell fordern. Gründe gibt es genug! Damit hätten wir ihn endgültig erledigt."

Dieser Vorschlag wird vom König sofort zurückgewiesen, anderen aber schenkt er mehr Aufmerksamkeit.

„Hoheit, bedenkt, dass die von diesem Genueser entdeckten Gebiete gar nicht weit von den Azoren entfernt liegen. Damit gehören sie zu portugiesischem Herrschaftsgebiet! Wir sollten sofort eine Expedition ausrüsten, um uns die Inseln mit Waffengewalt zu sichern."

Im Laufe seines Gesprächs mit dem Admiral der Ozeanischen Meere unterstreicht König Johann freundlich, aber bestimmt die Interessen Portugals.

„Nach diesen von Euch entdeckten Inseln haben wir bereits lange gesucht. Nach einem Vertrag mit der spanischen Krone aus dem Jahr 1479 gehören sie deshalb zu unserem Herrschaftsgebiet."

„Hoheit, diese Frage habe ich nicht zu entscheiden. Ich kann Euch lediglich versichern, dass ich den Golf von Guinea nicht durchfahren und auf keines Eurer Gebiete dort auch nur einen Fuß gesetzt habe."

Am 13. März bricht Kolumbus in Richtung Sevilla auf.

Martín Alonso Pinzón hingegen ist durch den schweren Sturm an die Küste **Galiziens** getrieben worden. Sofort versucht er, Ferdinand und Isabella vom Erfolg der Expedition zu unterrichten. Er segelt nach Süden, um so schnell wie möglich Palos zu erreichen.

Doch bei seiner Ankunft wartet eine böse Überraschung auf ihn: Kolumbus ist ihm um wenige Stunden zuvorgekommen! Einige Tage später stirbt Pinzón an einer rätselhaften, in Europa bis dahin unbekannten Krankheit.

Galizien: Name eines Landstrichs an der Atlantikküste, ein Teil gehört zu Spanien, der andere zu Portugal.

Kolumbus wird in Palos und später in Sevilla begeistert empfangen. In seiner Begleitung sind die sieben „Indianer", wie die Einwohner der neu entdeckten Inseln fortan genannt werden.

An der Spitze des Triumphzuges tauschen zwei der Indianer ihre Eindrücke aus.

„Diese Leute sind sonderbar. Warum verhüllen sie ihre Körper? Ständig fassen sie mich an, lachen, wenn sie mich sehen, und sie reden und reden ...“, sagt Guacari zu seiner Frau Anoa. „Ich kann diesen Lärm kaum aushalten. Und dann dieses stinkende Essen!“

Traurig antwortet sie ihm: „Ich soll immer lächeln, hat man mir gesagt. Was wird aus uns werden? Glaubst du, ihr Kazike wird uns wieder nach Kuba zurückbringen, wie er es uns versprochen hat?“

Guacari zuckt entmutigt mit den Schultern.

„Alle reden davon, noch weiter zu ziehen und noch mehr große Kaziken zu besuchen ... Ich bin so müde, ich habe nicht einmal mehr Lust zu jagen. Aber wo sollte ich das hier auch machen ...“

Anoa und Guacari sterben beide noch in Palos, fast zur glei-

chen Zeit wie Martín Pinzón. Auch die Indianer erliegen einer rätselhaften Krankheit, die bisher bei den Tainos unbekannt war.

Kolumbus schreibt an König Ferdinand und an Königin Isabella, die sich gerade in Barcelona aufhalten, und verkündet ihnen seinen Erfolg. Nach kurzer Zeit erhält er ihre Antworten. Die Briefe tragen folgende Adresse: „Don Cristobal Colon, Admiral der Ozeanischen Meere, Vizekönig und Gouverneur der von ihm entdeckten Inseln in den Indischen Landen ..." Endlich werden seine Verdienste anerkannt!

Er reist von Sevilla aus nach Norden. In allen Städten wird er begeistert gefeiert, und als er schließlich in Barcelona an-

kommt, wird ihm dort ein triumphaler Empfang bereitet. Kolumbus plant selbst seinen Einzug in die Stadt.

„An der Spitze des Zuges gehen die fünf verbliebenen Tainos. Sie sollen sich den Körper bemalen, ihre größten Federn und ihren Goldschmuck tragen. Außerdem sollen die Zuschauer die noch lebenden Papageien sehen. Ich selbst werde als Letzter in die Stadt einreiten."

Mit großem Pomp wird Kolumbus vom Königspaar und dem Infanten Juan empfangen. Dann wird das **Te Deum** gesungen, um Gott für die Gnade zu danken, neue Gebiete entdeckt zu haben und das Christentum dort verbreiten zu können. Die anwesenden Tainos werden getauft. Laut und deutlich soll das Recht Spaniens auf diesen Teil der Welt verkündet werden!

„Meine Könige, ich bin bereit, nach Indien zurückzukehren, mit so vielen Schiffen und so vielen Männern, wie Ihr mir anzuvertrauen gewillt seid."

König Ferdinand zeigt sich überaus liebenswürdig und verspricht Kolumbus, alles zu tun, um eine große Expedition auszurüsten. Um diesen großen Sieg der Christenheit zu verkünden und gleichzeitig die Rechte Spaniens auf die neu entdeckten Gebiete zu betonen, lässt er sofort einen Botschafter zum Papst nach Rom schicken. Alexander Borgia VI. stammt aus **Valencia**, und Ferdinand weiß, dass er auf seine Unterstützung gegen die portugiesischen Ansprüche zählen kann. Die Antwort des Papstes bestätigt seine Vermutung.

„Als Dank für Eure glorreichen Kriege gegen die

Te Deum: festlicher Dankgesang zum Lob Gottes.
Valencia: bedeutende spanische Stadt am Ufer des Mittelmeers.

Ungläubigen, wodurch diese endlich von christlichem Boden vertrieben wurden, übertrage ich Euch die Herrschaft über jene fernen Gebiete, in denen noch weitere Ungläubige auf Gottes Wort warten. Ihr sollt dafür Sorge tragen, dass das Christentum dort Einzug hält. Ihr verdient die Anerkennung der gesamten Christenheit, und somit verleihe ich Euch den Titel ‚Katholische Könige'."

Doch die Feindschaft zwischen Kastilien und Portugal ist groß. Und so reicht dieser Brief allein nicht aus, um die Situation zu klären. Ferdinand drängt deshalb den Papst zur Verkündung eines offiziellen Erlasses.

Mit der **Bulle** vom 2. Mai 1493 teilt Alexander Borgia die Welt von Nord nach Süd entlang einer Linie, die hundert Meilen westlich der Azoren verläuft. Alle bereits entdeckten und noch zu entdeckenden Gebiete westlich dieser gedachten Linie gehören Spanien, die Gebiete östlich davon gehören Portugal.

Johann II. und Ferdinand von Aragon spionieren sich gegenseitig aus und tauschen eine große Zahl von Gesandten aus. Beide bereiten eine Expedition in Richtung Westen vor, und jeder versucht dabei, schneller zu sein als der andere.

Der Bischof von Sevilla, Juan de Fonseca, ein enger Vertrauter von Ferdinand und Isabella, wird mit der Aufstellung einer **Armada** betraut, die so schnell wie möglich in See stechen soll. Auch einige **Benediktinermönche** unter der Führung von Pater Fernando Buil sollen an der Expedition teilnehmen. Sie sind die ersten Missionare der Neuen Welt.

Bulle: Erlass des Papstes
Armada: spanisches Wort für Kriegsflotte.
Benediktiner: Mönch aus dem Orden des heiligen Benedikt.

Kolumbus wird zum Oberbefehlshaber der Flotte ernannt. Gleichzeitig wird auch sein Gouverneurstitel bestätigt. Er ist auf dem Gipfel seiner Macht. Kaum nach Sevilla zurückgekehrt, stürzt er sich in die Vorbereitungen. Vom königlichen Schatzmeister Juan de Soria verlangt er: „Ich brauche die besten Navigatoren, die besten Handwerker und fleißigsten Bauern ..."

Juan de Soria unterbricht ihn.

„Werter Herr Gouverneur, es ist bereits für alles gesorgt! Wir haben eine große Zahl von Haustieren an Bord gebracht, **Trödel** zum Tauschen, Munition, und natürlich Pferde! Probleme haben wir nur mit der Auswahl der Personen, die an Bord dürfen: Jeder will mitfahren!"

Trödel: wertlose Gegenstände.

Die Teilung der Welt zwischen Spanien und Portugal erfolgt mittels einer senkrecht gezogenen Linie, wie die Karte rechts zeigt. Die Gebiete westlich dieser Grenze (von der Mündung des Amazonas bis zum Rio de la Plata) gehören der spanischen Krone, die östlichen (Brasilien, Afrika und der größte Teil Asiens) stehen Portugal zu.

Herr der Neuen Welt
Auf diesem alten Holzschnitt aus dem Jahre 1493 sieht man Ferdinand von Aragon auf dem Thron sitzen. Er schickt mit einer gebieterischen Geste drei Karavellen auf den Ozean hinaus. Auf die Entdeckung Amerikas folgen unmittelbar Unterwerfung und Christianisierung der Bevölkerung.

Johann II. von Portugal (1455–1495), genannt „der Perfekte"

Der König von Portugal
Johann II. ist ein weitsichtiger Herrscher, der das Werk Heinrichs des Seefahrers weiterverfolgt und die so genannte „Gesellschaft der Mathematiker" gründet. Er hält Frieden mit Spanien, allerdings ohne auf seine Bestrebungen, neue Gebiete zu erobern, zu verzichten. Während seiner Regierungszeit entdeckt Bartholomeo Diaz 1488 das Kap der Guten Hoffnung.

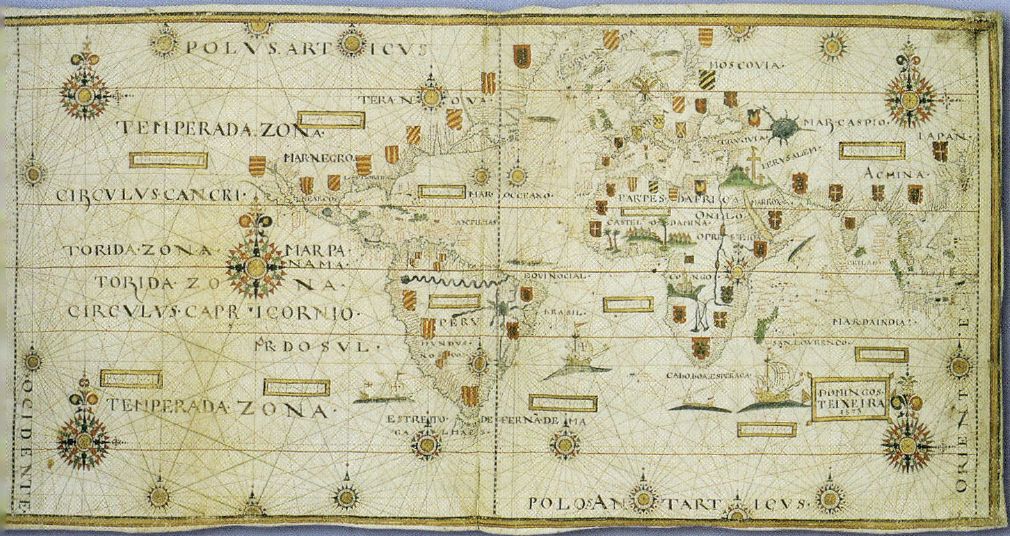

„Doch die Feindschaft zwischen Kastilien und Portugal ist so gross."

Isabella und Ferdinand

Alexander Borgia
1493 teilt der aus Spanien stammende Papst durch eine Bulle die Welt zwischen Spanien und Portugal auf. Im 1494 geschlossenen Vertrag von Tordesillas erhält Portugal das Gebiet des heutigen Brasilien.

Die Katholischen Könige
1479 werden Isabella und Ferdinand als Könige von Kastilien anerkannt, und Ferdinand erbt die Krone von Aragon. Durch das Ende der Reconquista und die Vertreibung der Muslime von spanischem Boden steigt das Ansehen des Herrscherpaares. Der Titel „Katholische Könige" wird ihnen vom Papst nach der Entdeckung der Neuen Welt verliehen. Ihre Herrschaft ist eine glorreiche Epoche in der Geschichte Spaniens.

Papst Alexander VI. Borgia

Mit dem Schwert und dem Kreuz

Am 25. September 1493 verlassen siebzehn Karavellen mit eintausendfünfhundert Menschen an Bord den Hafen von Cadiz. Die Matrosen lichten singend die Anker und hissen frohgemut die Segel, denn sie sind davon überzeugt, zu einem wunderbaren Abenteuer aufzubrechen. In ihrer Vorstellung mischen sich Bilder vom Paradies mit Träumen von sagenhaften Goldschätzen.

Am 1. Oktober erreicht die Flotte die Kanaren. Auf La Gomera lässt Kolumbus Ziegen, Kühe, Schweine und Hühner an Bord bringen. Die Passatwinde sind günstig, und so benötigen sie für die Fahrt zu den Karibischen Inseln dieses Mal nur zwanzig Tage.

Die erste Insel, die sie an einem Sonntag entdecken, nennen sie Dominica, nach dem spanischen Wort für Sonntag. Zuvor beobachten die Männer über den Masten ein **Elmsfeuer**, das sie als gutes **Omen** deuten.

„Fahren wir weiter“, drängt der ungeduldige Kolumbus, „diese Insel ist nur klein und verfügt außerdem über keinen natürlichen Hafen.“

Auf der nächsten Insel, die den Namen seines

Elmsfeuer: Lichterscheinung an spitz aufragenden Gegenständen, vor allem bei Gewitter.
Omen: Vorzeichen.

Estremadura: spanische Provinz zwischen Andalusien und Portugal.

Schiffes *Marie-Galante* erhält, hisst Kolumbus das königliche Banner. Auf der dritten Insel, die die Form eines Schmetterlings hat, entdecken sie einen gewaltigen und wunderschönen Wasserfall, der in einem Meer aus Schaum endet. Sie erhält den Namen Guadeloupe, nach der in der **Estremadura** verehrten heiligen Jungfrau Maria von Guadeloupe.

Einige Männer wollen nicht länger warten und brechen auf eigene Faust auf, um das Innere der Insel zu erkunden. Das Kommando hat der für seinen Wagemut bekannte Alonso de Ojeda. Als er wieder zurückkehrt, hat er Ungewöhnliches zu berichten.

„Admiral Kolumbus, Ihr müsst wissen, dass sich die Bewohner der Insel von Menschenfleisch ernähren! Wir haben in ihren Hütten Totenköpfe gefunden, die sie vermutlich als Vorratsbehälter nutzen."

Dabei hält er Kolumbus eines dieser grausigen Fundstücke entgegen.

„Auf dieser Insel leben bestimmt die schrecklichen Karaiben, vor denen sich die Tainos so sehr fürchten", entgegnet Kolumbus eher nachdenklich als verängstigt.

„In diesem Paradies gibt es also nicht nur Engel!", bemerkt Alonso ironisch.

„Allerdings. Die Karaiben sind eher wie wilde Tiere. Und so sollten wir sie auch behandeln", setzt Kapitän Diego Marquez hinzu, der ebenfalls an Ojedas Erkundungsgang teilgenommen hat. „Sie entführen junge Frauen von anderen Inseln und verschlingen ihre Kinder. In ihren Hütten habe ich an Haken aufgehängte Reste von menschlichen Körpern gesehen, wie in einer Fleischerei. Diese Bestien waren wohl gerade in den Bergen oder auf dem Meer unterwegs, sodass ich einige ihrer Gefangenen befreien konnte. Sie wären überglücklich, wenn wir sie an Bord nähmen."

„Das sind Frauen der Tainos", stellt Kolumbus fest und fügt hinzu: „Wir müssen sofort nach Hispaniola aufbrechen!"

Auf Santa Cruz bekommen sie einen ersten Eindruck vom Mut und von der Gewalttätigkeit der Karaiben. Sie greifen die Spanier furchtlos an. Dabei benutzen sie Pfeile mit messerscharfen Spitzen, die sie aus **Schildpatt** oder Fischgräten herstellen. Die Kriegsbemalung auf ihren Gesichtern und ihr Furcht einflößender Gesichtsausdruck zeigen, dass die „Männer, die vom Himmel gekommen sind", sie nicht im Geringsten beeindrucken.

Nach einem kurzen Zwischenstopp auf der **San-Juan-Bautista** getauften Insel geht die Flotte am östlichen Ufer von Hispaniola vor Anker. Ein Matrose bringt schreckliche Neuigkeiten.

Schildpatt: Hornplatte einer Seeschildkröte.

San-Juan-Bautista: heute Puerto Rico.

„Admiral, ich habe zwei halb verweste Leichen gefunden ... Ich bin sicher, dass es sich bei dem einen um einen Spanier handelt: Es ist mein Freund Juan Martinez! Ich habe ihn an seinem schwarzen Bart und an seiner Narbe neben dem Auge erkannt. Er war mit den Händen an ein Holzkreuz gefesselt!"

Als die *Marie-Galante* ganz in der Nähe des Forts La Navidad vor Anker geht, ist es bereits dunkel. Die Indianer nähern sich in einem großen Einbaum. Ein Kazike kommt an Bord und schildert stammelnd, was in der kleinen spanischen Kolonie geschehen ist. Ein Taino, der ihnen als Dolmetscher dient, übersetzt: „Er sagt, dass einige Spanier eines natürlichen Todes gestorben sind, andere haben sich gegenseitig umgebracht. Wieder andere sind in entlegene Orte der Insel vorgedrungen, um nach Gold zu suchen. Dabei haben sie auch Taino-Frauen mitgenommen, häufig gegen deren Willen."

Nach diesen schrecklichen Nachrichten rechnen die Männer mit dem Schlimmsten! Der Dolmetscher fährt fort: „Guacanagari ist von einem der wilden Kaziken angegriffen worden. Er heißt Caonabo und ist Herr über die Gegend bei Cibao, wo die Goldminen liegen. Guacanagari selbst ist bei dem Versuch, das Fort zu verteidigen, schwer verletzt worden."

Als die Spanier La Navidad erreichen, finden sie die Festung bis auf die Grundmauern niedergebrannt. Auch vom Dorf der Tainos stehen nur noch verkohlte Reste. Kolumbus trifft Guacanagari, der sie weinend empfängt. Immer wieder betont er seine Freundschaft zu den Spaniern. Doch es ist offensichtlich, dass er nicht halb so schwer verletzt ist, wie er vorgibt.

„Seht Ihr nicht, dass dieser Wilde Euch verraten hat?“, sagt Pater Buil zu Kolumbus gewandt. „Wir sollten ihn hart bestrafen, um auch die anderen Wilden einzuschüchtern!“

„Ich vertraue ihm“, entgegnet Kolumbus verärgert. Pater Buil ist ihm ohnehin wenig sympathisch.

Doch am nächsten Tag ist Guacanagari verschwunden!

„Wir müssen so schnell wie möglich eine sichere und stabile Siedlung bauen, damit die Menschen und Tiere die Schiffe verlassen können. Das Leben an Bord ist unerträglich geworden."

Kapitän Melchior Maldonado, der von einer Expedition ins Innere der Insel zurückkehrt, muss notgedrungen der Überlegung des Admirals zustimmen, die allerdings mehr einem Befehl gleicht.

Im Dezember richten sich die Kolonisten zunächst in einer notdürftigen Behausung ein und errichten später die erste christliche Siedlung, der sie den Namen Isabella geben.

Am 9. Februar 1494 treten neun Schiffe unter dem Kommando von Antonio de Torres den Rückweg an. Er hat einen Brief an die Katholischen Könige bei sich, in dem Kolumbus seine Hoffnung ausdrückt, in der Nähe von Cibao auf Gold zu stoßen. Außerdem sind einige Tainos an Bord, die in Spanien als Sklaven verkauft werden sollen.

Danach beginnt ein erfolgloser Eroberungsfeldzug. Kolumbus ist ausgelaugt und wird von Fieberanfällen geplagt. Deshalb bemerkt er nicht, dass sich ein Teil der Mannschaft gegen ihn erheben will. Einige von ihnen wollen eines der Schiffe im Hafen kapern und damit sofort nach Spanien zurückkehren, andere sind unzufrieden, weil sie nur so wenig Gold gefunden haben. Kaum ist er wieder auf den Beinen, bereitet Kolumbus eine große Expedition nach Cibao vor. Trotz einiger, wenn auch bescheidener Erfolge zeigt sich die Bevölkerung von Isabella bei seiner Rückkehr noch feindseliger. In dieser Situation überträgt Kolumbus seine Befugnisse auf

seinen jüngeren Bruder Diego, der sein volles Vertrauen genießt.

„Diego, ich muss noch weitere Inseln erforschen. Du wirst meinen Platz im Rat der Stadt einnehmen."

„Ich beuge mich deinen Wünschen, aber ich fürchte, die Siedler werden auch mich als Feind betrachten. Und auch das Verhalten von Pater Buil macht mich misstrauisch."

„Es handelt sich nur um wenige Wochen. Ich muss die Küste Kubas wiederfinden, die, da bin ich sicher, eine Halbinsel Indiens ist."

Nach einer fünfmonatigen Entdeckungsfahrt, die ihn vor allem nach Kuba und Jamaika führt, kehrt Kolumbus im September nach Isabella zurück. Zu seiner Überraschung findet er dort seinen älteren Bruder Bartholomeo vor, den er sofort zum Militärgouverneur der Provinz ernennt.

Doch die kastilischen Adligen und Militärs unter der Führung des Offiziers Pedro Margarite wollen sich Kolumbus' Plänen nicht mehr beugen. Gemeinsam mit Pater Buil und seinen Gefolgsleuten bringen sie einige Schiffe in ihren Besitz und segeln nach Spanien zurück.

Konquistador: Bezeichnung für die spanischen Soldaten, die an der Eroberung der Neuen Welt mitgewirkt haben.

Die Lage ist gespannt. Es kommt immer öfter zu gewalttätigen Angriffen der Spanier gegen die Indianer, die zurückschlagen, sobald sich ihnen eine Gelegenheit bietet. Von der fröhlichen Zuversicht zu Beginn der Reise ist nichts mehr übrig! Bartholomeo entwickelt sich zum brutalen und gnadenlosen **Konquistador**, der hunderte von Gefangenen macht, um sie zu versklaven. Die

Kaziken Guatiguana und Caonabo werden von den Soldaten Alonso de Ojedas besiegt und festgenommen.

Die Indianer versuchen zu fliehen, um der Zwangsarbeit zu entkommen. Deshalb erlegt Kolumbus ihnen Steuern auf, die sie in Gold zu entrichten haben. Zwei Drittel der Ureinwohner stirbt an den Folgen der kriegerischen Auseinandersetzungen, aus Verzweiflung und an Krankheiten.

Die zweite Reise ist gekennzeichnet von Zerstörung, Mord und Verrat, für die Indianer bedeutet sie Versklavung und Tod.

Die Spanier haben das Paradies in die Hölle verwandelt!

DIE GEWALT GEGEN DIE INDIANER in den ersten Jahren der Kolonisation führt zu ihrer allmählichen Ausrottung. Sie sind nun Sklaven und müssen für die Spanier unter unerträglichen Bedingungen Zwangsarbeit leisten. Aber mehr noch als die Gewalt sind es die von den Europäern mitgebrachten Krankheiten (vor allem die Masern), die die Tainos und Karaiben nahezu aussterben lassen.

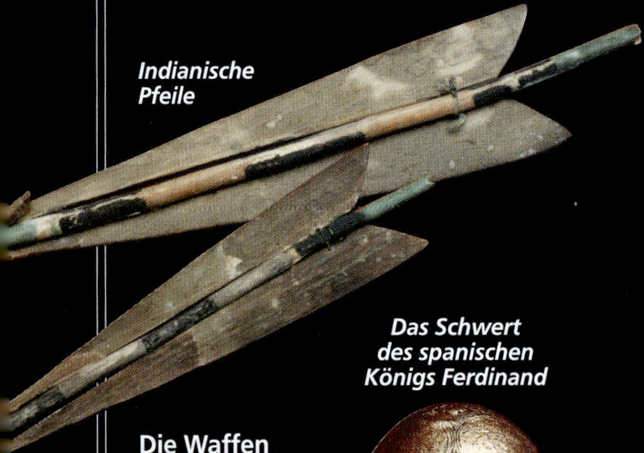

Indianische Pfeile

Die Konquistadoren
Diese Männer, die als Eroberer ins Land kommen, werden von den Indianern gefürchtet. Sie sind kriegserprobt, da sie lange Jahre in Spanien gegen die Mauren gekämpft haben.

Das Schwert des spanischen Königs Ferdinand

Die Waffen der Indianer
Ihre Jagd- und Kriegswaffen sind die *macañas* („Kopf-Abschneider"), Äxte, Messer und Speere mit Spitzen aus Stein, Knochen oder Fischgräten. Ihre gefährlichsten Waffen sind Pfeil und Bogen.

„ZWEI DRITTEL DER UREINWOHNER STIRBT AN DEN FOLGEN DER KRIEGERISCHEN AUSEINANDERSETZUNGEN, AUS VERZWEIFLUNG UND AN KRANKHEITEN."

Die Waffen der Spanier
Die Spanier tragen im Kampf Brustharnisch und Helm, die sie zwar vor den Waffen der Indianer schützen, aber schwer und wenig geeignet für das tropische Klima sind. Sie besitzen zwar Feuerwaffen wie Pistolen, ihre gefürchtetste Waffe aber ist das Schwert.

Die Erhängung Anacaonas

Der Tod Anacaonas ...
Dieser 1598 in Frankfurt gefertigte Stich zeigt die Massaker und die Brutalität der Spanier in den ersten Jahren ihrer Eroberungen. Der Künstler zeigt eine von Spaniern in Brand gesetzte *maloca* (Hütte), in der einige Indianer bei lebendigem Leibe verbrennen, und die Erhängung der Prinzessin Anacaona, die symbolisch für die Neue Welt steht.

Gewalt und Brutalität
Die Gier nach Gold und ein starkes Machtstreben führen zu grässlichen Verbrechen der Spanier in den von ihnen entdeckten Gebieten. Diese Abbildung illustriert einen Bericht des spanischen Dominikaners Las Casas, in dem er anprangert, dass die Spanier wilde Hunde dressieren und dann auf die Indianer hetzen.

Wilden Hunden ausgelieferte Indianer

Die letzten Reisen

Pedro Margarite und Pater Buil sorgen dafür, das Ansehen von Christoph Kolumbus am spanischen Hof zu beschädigen. Sie beschuldigen den Admiral der **Tyrannei** gegenüber den **Kolonisten** von Isabella und unterstreichen seine Überheblichkeit, die – wie sie mehrmals betonen – einem „Ausländer“ nicht angemessen sei.

Königin Isabella verbietet den Verkauf der Indianer als Arbeitssklaven und ordnet an, dass sie von nun an besser behandelt werden sollen. Doch dieser Befehl bleibt ohne Wirkung. Keinem Spanier wird mehr die Auswanderung in die Neue Welt verwehrt, vorausgesetzt, sie wählen Cadiz als Abfahrtshafen.

Damit büßt Kolumbus einen Teil seiner Befugnisse ein, denn bisher durfte er alleine entscheiden, wer in den neuen Gebieten siedeln durfte und wer nicht. Außerdem steigt das Misstrauen am Hof gegenüber dem Admiral. Fonseca, der mit der Verwaltung der indischen Gebiete betraut ist, schickt Juan Aguado nach Isabella, um Kolumbus' Verhalten zu überwachen.

Tyrannei: Machtmissbrauch, um persönliche Interessen durchzusetzen.
Kolonisten: erste europäische Siedler in der Neuen Welt.

Nachdem er von seinen Feldzügen in das Innere der Insel zurückgekehrt ist, trifft Kolumbus die kluge Entscheidung, dem Gesandten der Krone nicht feindlich gegenüberzutreten.

„Diego, es wird Zeit, aufzubrechen und nach Spanien zurückzukehren, damit wir den Königen unsere Position darlegen können! Hier habe ich es nur mit Undankbaren zu tun. Aguado wird uns begleiten. Das scheint mir die beste Möglichkeit zu sein, um ihn daran zu hindern, hier Unheil anzurichten."

„Ich bewundere deine Geduld mit diesem unverschämten Kerl! Aber du hast sicher Recht. Lass uns auch noch Caonabo mitnehmen, damit die Könige sehen, dass nicht alle Indianer sanfte Lämmer sind!"

Doch als die *Niña* gemeinsam mit anderen Schiffen am 11. Juni 1496 im Hafen von Cadiz einläuft, ist der schreckliche Caonabo bereits tot und muss so die Schande der Sklaverei nicht mehr erleben.

Die Katholischen Könige bereiten ihrem Gouverneur Kolumbus in Burgos einen freundlichen Empfang. Seine Fehlentscheidungen scheinen sie ihm vergeben zu haben. Deshalb zögert der Admiral nicht lange und schlägt eine dritte Expedition vor. Es soll jedoch fast zwei Jahre dauern, bis man ihm die nötigen Mittel zur Verfügung stellen wird, denn Fonseca tut alles, um die Abfahrt der sechs Karavellen zu verzögern.

„Ich werde mit der Hälfte unserer Flotte eine neue Route nehmen. Die restlichen Schiffe dagegen werden von den

Kanaren aus direkt zur Insel Hispaniola segeln. Und du, Pedro, sollst das Kommando auf einem dieser Schiffe haben", sagt Kolumbus zu Pedro Arana, dem Bruder seiner geliebten Beatriz.

„Aber du, welchen Weg wirst du nehmen, wenn die Frage erlaubt ist?"

„Die Frage ist erlaubt", antwortet Kolumbus lachend, „aber eine Antwort bekommst du nicht!"

Am 30. Mai 1498 verlässt die Flotte den Hafen von Sanlucar de Barrameda. Ihr erstes Ziel sind die Kanarischen Inseln. Kolumbus und drei seiner Schiffe segeln danach zunächst in Richtung Süden bis zu den Kapverden und brechen dann zu ihrem langen Weg ins Ungewisse auf.

Endlich, nach drei Wochen Fahrt, erreichen sie eine große Insel, die sie Trinidad nennen. Danach segeln sie durch den Golf von Paria und stoßen auf die Mündung eines großen Flusses. Könnte es sich dabei um den **Ganges** handeln, einen der Flüsse, die im Paradies entspringen? Der Admiral schreibt in sein Logbuch: „Dieser Fluss muss aus einem gewaltigen Land im Süden kommen, denn er führt eine große Menge Süßwasser. Er kann nur einer anderen Welt entströmen."

Ganges: indischer Fluss. Bei dem von Kolumbus entdeckten Fluss handelt es sich um den Orinoko in Südamerika.

Kolumbus gönnt sich keine Ruhe und segelt weiter nach Hispaniola. Die Insel ist kaum wiederzuerkennen. Bartholomeo hat im Süden eine neue Hauptstadt namens Santo Domingo gegründet und damit einen Krieg angezettelt. Dieses Mal kämpfen Spanier gegen Spanier! Ein Großteil der Bewohner Isabellas unterstützen den **Rebellen** Francisco Roldan, der sich mit dem Kaziken Guarionex verbündet hat.

Kolumbus braucht ein ganzes Jahr, um die **Revolte** durch Verhandlungen, Versprechungen und Drohungen zu beenden. Es gelingt ihm sogar, sich mit Roldan gegen einen weiteren Rebellen namens Adrian de Mojica zu verbünden, ihn zu besiegen und festzunehmen.

„Für deine Gebete ist es jetzt zu spät", wirft Kolumbus dem zum Tode Verurteilten Mojica vor. Mit diesen Worten stößt er ihn von einem der Befestigungstürme Santo Domingos. Sieben weitere Rebellen werden auf seinen Befehl gehängt, der Rest der Aufständischen stirbt durch Gift.

Die Situation in diesem August des Jahres 1500 ist dramatisch. Genau in diesem Augenblick trifft der **Kommandeur** Francisco Bobadilla in Santo Domingo ein, der im Auftrag der Katholischen Könige in die Kolonie gekommen ist, um für Ruhe zu sorgen. Während Kolumbus unterwegs ist, lässt er die Gefangenen wieder frei, um zu zeigen, wer jetzt die Macht in Händen hat.

Rebell: Aufrührer, Aufständischer.
Revolte: Auflehnung, Aufruhr.
Kommandeur: Befehlshaber, ein militärischer Rang.

„Kolumbus, endlich!", begrüßt er ihn bei dessen Rückkehr. „Ich wurde von der spanischen Krone mit allen Machtbefugnissen ausgestattet. Im Sinne der Gerechtigkeit habe ich entschieden, Euch gefangen zu nehmen. Soldaten, legt ihn in Ketten!"

Christoph Kolumbus leistet keinen Widerstand, genau wie sein Bruder Bartholomeo. Auf einer Karavelle werden sie nach Cadiz gebracht. Ihr Eintreffen in Spanien im Oktober 1500 sorgt für Aufruhr und allgemeine Entrüstung. Kolumbus be-

steht darauf, dass ihm die Ketten erst dann wieder abgenommen werden, wenn ein königlicher Befehl es verlangt.

„Ich werde sie bis in alle Ewigkeit tragen! Das ist der Lohn für alles, was ich für Spanien getan habe! Wenn Gott mich zu sich rufen wird, sollen diese Ketten mit meinem Leichnam bestattet werden!“

Im Dezember wird er in Granada von den Königen empfangen, die ihn besänftigen. Am Hof schenkt man den übertriebenen Anschuldigungen Bobadillas keinen Glauben, und der Admiral erhält alle seine **Privilegien** zurück. Doch er spürt, dass sein Ansehen schwindet. Jetzt werden auch anderen Entdeckern Expeditionen nach Westindien er-

Privilegien: Vorrechte.

laubt, Männern wie Ojeda oder Rodrigo Bastidas, ohne dass man ihn um seinen Rat gebeten hätte. Kolumbus ist nicht mehr der Einzige auf dem neuen Weg nach Indien ...

Die Krone bestimmt Nicolás de Ovando zum Nachfolger Bobadillas und schickt ihn mit dreißig Schiffen und eintausendfünfhundert neuen Kolonisten nach Hispaniola. Die Entscheidung wurde über Kolumbus' Kopf hinweg getroffen! Die Kontrolle über die von ihm entdeckten Gebiete entgleitet ihm mehr und mehr. Verbittert, aber noch nicht ohne Hoffnung, plant er ein neues Vorhaben: Er will Jerusalem aus der Hand der Ungläubigen befreien.

Doch als man ihm eine vierte Expedition bewilligt, gibt er diese Idee wieder auf. Er muss sich dieses Mal jedoch dazu verpflichten, nur bereits entdeckte Gebiete zu bereisen und Hispaniola nicht zu betreten.

Kolumbus' Kommando unterstehen vier kleine Karavellen, die am 9. Mai 1501 von Cadiz aus aufbrechen. Auch sein Bruder Bartholomeo und sein Sohn Fernando nehmen an der Reise teil. Die Flotte streift Matinino und segelt von dort aus nach Santo Domingo, wo man die Besatzung gemäß königlicher Anweisung nicht an Land gehen lässt. Kolumbus schickt dem Gouverneur daraufhin folgende Nachricht: „Lasst Gouverneur Ovando ausrichten, dass ein schrecklicher **Hurrikan** aufzieht. Ich werde mich mit meinen Schiffen in Sicherheit bringen. Auch er sollte seine Schiffe erst dann nach Spanien **auslaufen** lassen, wenn die Gefahr vorüber ist."

Hurrikan: schwerer Wirbelsturm.
auslaufen: Anker lichten, Segel setzen und den Hafen verlassen.

Veraguas: Gebiet in Zentralamerika, das heute zu Panama gehört.
Kolonisation: Eroberung und Besiedlung neu entdeckter Gebiete.
Bittschrift: Brief an eine hoch gestellte Persönlichkeit (hier der König), um einen Gefallen zu erbitten.

Kolumbus' Worte werden als List gedeutet und in den Wind geschlagen. Doch als hervorragender Seemann behält er Recht. Vierundzwanzig Schiffe der Flotte Ovandas, die Richtung Spanien in See gestochen sind, erleiden Schiffbruch. Dabei sterben fünfhundert Menschen, unter ihnen auch Bobadilla und Roldan! Ist diese Katastrophe etwa eine Strafe Gottes? Kolumbus kann dem verheerenden Hurrikan entgehen, indem er an der Küste Jamaikas Schutz sucht.

Er setzt seine Reise fort. In **Veraguas** geht er an Land und erforscht das Landesinnere. Er will endlich die ersehnten Goldminen finden! Danach kehrt er nach Jamaika zurück, wo er ein ganzes Jahr verbringt, bis Ovando ihm einen kurzen Aufenthalt auf Hispaniola gestattet.

Das Leben der Indianer ist zur Qual geworden. Die Prinzessin Anacaona, die die Neuankömmlinge herzlich aufgenommen hatte, ist erst vergiftet und dann aufgehängt worden, und eine große Zahl von Indianern ist niedergemetzelt worden. Die **Kolonisation** scheint der Neuen Welt nichts als Tod und Verderben zu bringen.

Die letzte Reise des Christoph Kolumbus endet am 7. November 1504 in Sanlucar de Barrameda. Der Admiral erreicht Spanien völlig erschöpft und fast blind.

Zurück in Sevilla, verbringt er viel Zeit mit dem Diktieren von Briefen und **Bittschriften**, um seine verlorenen Privilegien zurückzuerhalten. Doch jedes Mal erhält er von König Ferdinand nur eine ausweichende Antwort. Er schreibt auch an seinen Freund Amerigo Vespucci.

„Ich vertraue Euch meine Schriften an, mein lieber Amerigo. Sorgt dafür, dass meine Entdeckungen gewürdigt werden, Ihr seid selbst mit Alonso de Ojeda in diesen Breiten unterwegs gewesen ... Seit dem Tod der Königin habe ich nur noch wenig Hoffnung. Ich wäre Euch sehr verbunden, wenn Ihr mir sagen könntet, ob sie mich in ihrem Testament bedacht hat."

Eine letzte Enttäuschung: Kolumbus' Name fehlt in Isabellas Testament!

Von Krankheit und Schicksalsschlägen geschwächt, stirbt Christoph Kolumbus am 20. Mai 1506 in Valladolid. Seine Titel überträgt er seinem ältesten Sohn Diego. Ob er in seiner letzten Stunde wusste, dass er eine Entdeckung gemacht hatte, die ihn unsterblich machen würde?

León: Provinz in Spanien.

Nach Kolumbus' Tod lässt Ferdinand zu seinen Ehren ein Denkmal errichten, das die Inschrift trägt: „Für Kastilien und **León** fand Kolumbus eine Neue Welt."

ENTDECKUNGSFAHRTEN ZU SEE häufen sich im 15. Jahrhundert. Noch zu Lebzeiten Kolumbus' unternehmen Alonso de Ojeda, Diego de Nicuesa und Amerigo Vespucci Expeditionen an die Küsten der Neuen Welt. Die Portugiesen entdecken den Seeweg nach Indien, indem sie Afrika umfahren. Die letzte große Herausforderung bleibt die Umseglung der Welt!

Die Route Magellans

Sebastian Cabot
Der Venezianer hat bereits seinen Vater Jean Cabot auf dessen Reise nach Indien begleitet. Er erforscht die Nordküste Amerikas bis zur Hudsonbay und reist zum Rio de la Plata und nach Uruguay (1525).

Sebastian Cabot (1480?–1557)

Ferdinand de Magellan
Der Portugiese unternimmt Reisen nach Indien und Afrika. Von dem spanischen König Karl erhält er den Auftrag, einen Seeweg zum Pazifischen Ozean zu finden. Seine Reise durch eine Seestraße an der Südspitze Amerikas ist eine der erstaunlichsten Expeditionen in der Geschichte der Seefahrt.

Ferdinand de Magellan (1480–1521)

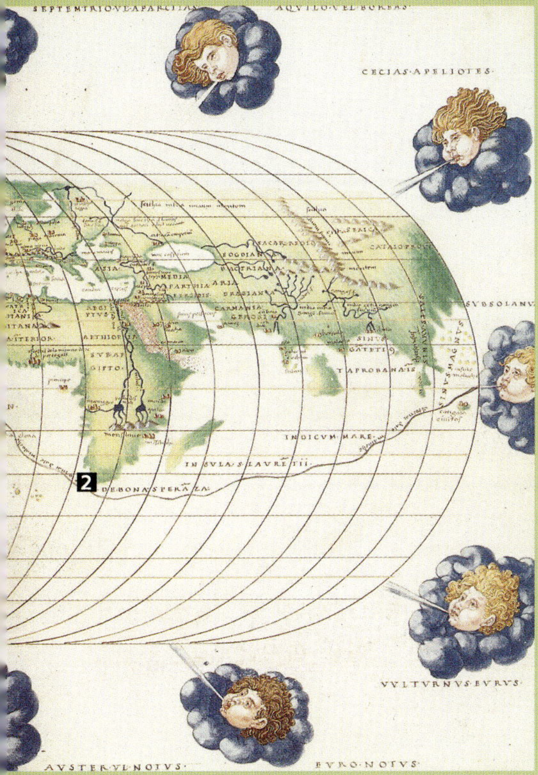

1. Magellans Route
2. Kap der Guten Hoffnung

Vasco da Gama
Mit vier Schiffen umrundet der portugiesische Seefahrer am 22. November 1497 das Kap der Guten Hoffnung. Danach segelt er die Ostküste Afrikas entlang und erreicht die Küste von Malabar in Indien. Ihm verdanken die Portugiesen den Handelsweg nach Indien.

Die erste Weltumseglung
Am 10. August 1519 verlassen fünf Schiffe unter dem Kommando von Magellan den Hafen Sevillas. Sie erreichen nach einer quälend langen Fahrt von fast vier Monaten die Philippinen. Magellan stirbt noch während der Rückreise nach Spanien. Das Kommando übernimmt der Spanier Elcano, der am 6. September 1522 mit achtzehn weiteren Überlebenden nach Spanien zurückkehrt.

Vasco da Gama (1469–1524)

Amerigo Vespucci (1454–1512)

„Für Kastilien und León fand Kolumbus eine Neue Welt“

Amerigo Vespucci
Der aus Florenz stammende Seefahrer ist ein Freund von Kolumbus. Die beiden haben sich 1493 in Barcelona kennen gelernt. Auch Vespucci reist mehrmals in die Neue Welt und hält seine Eindrücke in Reiseberichten fest, die bald in ganz Europa Verbreitung finden. Sein Vorname dient den Geografen als Pate für den Namen der Neuen Welt: Amerika.

Die Berichte von der Entdeckung Amerikas

Der Brief von Christoph Kolumbus

Das wichtigste Dokument von Kolumbus' Entdeckungsreise ist sein Logbuch, das als das erste seiner Art gilt. In ihm notiert er alle Ereignisse der Reise und hält erste Eindrücke fest. Seine Objektivität ist für die damalige Zeit bemerkenswert: Kolumbus gesteht hier beispielsweise, dass er keine der befürchteten Meeresungeheuer gesehen hat. Bis zum Jahr 1825 bleibt das Logbuch unveröffentlicht. Bis dahin kennt man nur die berühmte Zusammenfassung der Reise in einem Brief von Kolumbus an Luis de Santangel, die bereits 1493, kurz nach seiner triumphalen Rückkehr nach Spanien, veröffentlicht wird. Der acht Seiten umfassende Brief wird anfangs in lateinischer Sprache verbreitet und später in mehrere europäische Sprachen übersetzt. Kolumbus beschreibt darin die Existenz von Inseln im Ozean, die von unbekannten Völkern bewohnt werden, die „wie Gott sie schuf" in einer Art Paradies leben.

1492–1992
Die Feierlichkeiten zum fünfhundertsten Jahrestag der Entdeckung Amerikas waren Anlass für eine Vielzahl von Veröffentlichungen, Kongressen und auch kritischen Diskussionen über die Konsequenzen der Entdeckung und Eroberung der Neuen Welt für die dortigen Ureinwohner.

Die Persönlichkeit des Christoph Kolumbus

Trotz der großen Berühmtheit des Entdeckers der Neuen Welt bleibt seine Persönlichkeit ein Rätsel. Die wichtigste Informationsquelle für seine Biografie ist „Das Leben des Admirals Christoph Kolumbus", ein Buch, das sein Sohn Fernando verfasst hat, dessen spanischer Originaltext allerdings verschollen ist. Fernando bleibt, sowohl was Geburtsort und Geburtsdatum seines Vaters als auch was die Familie insgesamt angeht, recht vage. Der Fund

Ein Heiliger?
Im 19. Jahrhundert gab es den Versuch, Kolumbus heilig sprechen zu lassen. Aber aus Christoph Kolumbus wird nie der heilige Sankt Christoph werden!

entsprechender Dokumente lässt mit ziemlicher Sicherheit darauf schließen, dass Kolumbus aus Genua stammt, doch einige Historiker sehen seinen Geburtsort auch in Korsika, Katalonien oder Galizien.

Könnte Kolumbus jüdischer Herkunft gewesen sein, wie einige Wissenschaftler behaupten? Theoretisch ist das möglich, aber an seinem tiefen katholischen Glauben besteht kein Zweifel.

Auch die Frage nach dem Verbleib von Kolumbus' sterblichen Überresten ist nicht restlos geklärt. Zwar befindet sich sein monumentales Grabmahl in der Kathedrale von Sevilla, aber es gibt auch Theorien, nach denen er in der Kathedrale von Santo Domingo beigesetzt worden ist.

Kolumbus und die Geschichte

Kolumbus stellt ein Bindeglied zwischen dem Mittelalter und der Renaissance dar. Im 16. Jahrhundert ist er nahezu unbekannt, obwohl der offizielle Chronist des spanischen Königs Karl die Entdeckung der Neuen Welt als „das wichtigste Ereignis nach der Geburt Jesu Christi" bezeichnet. Erst im 17. Jahrhundert beginnen sich Schriftsteller für das Leben des Entdeckers zu interessieren (zum Beispiel Felix Lope de Vega Carpio in *Die Neue Welt entdeckt von Christoph Kolumbus*). Vom 18. Jahrhundert bis in unsere Zeit werden eine große Zahl von Werken sowohl über die Person Kolumbus wie auch über die Folgen eines Ereignisses, das den Lauf der Welt verändert hat, veröffentlicht.

Was wusste er?
Wusste Kolumbus am Ende seines Lebens, dass die Gebiete, die er entdeckt hatte, zu einem unbekannten, noch auf keiner Karte verzeichneten Land gehörten, oder glaubte er noch immer, in Asien gelandet zu sein?

Kolumbus und die Kunst
Zahlreiche Maler, Zeichner und Bildhauer ließen sich von Kolumbus und der Entdeckung Amerikas inspirieren. Auch der Film hat die Figur Kolumbus längst für sich entdeckt.

Die Zeit des Kolumbus

1451: Geburt Christoph Kolumbus' in Genua

1488: Der portugiesische Seefahrer Bartholomeo Diaz umsegelt die Südspitze Afrikas.

1492: Eroberung Granadas durch die spanischen Könige und Vertreibung der Mauren aus Spanien. Ende der Reconquista.

1492–1493: erste Reise in die Neue Welt. Entdeckung der Bahamas, Kubas und Hispaniolas.

1493: Teilung der Welt zwischen Spanien und Portugal durch eine Bulle Papst Alexander Borgias. Den spanischen Königen Ferdinand von Aragon und Isabella von Kastilien wird der Titel „Katholische Könige" verliehen.

1494: Im Vertrag von Tordesillas erhält Portugal Brasilien.

1493–1496: zweite Reise. Entdeckung von Dominica, Guadeloupe, Puerto Rico und Jamaika.

1498–1500: dritte Reise. Entdeckung von Trinidad, der Orinokomündung und Venezuelas. Kolumbus wird in Ketten nach Spanien zurückgebracht.

1502–1504: vierte Reise. Erforschung der Küste Mittelamerikas.

1506: Kolumbus stirbt am 20. Mai in Valladolid.

Bildnachweis

o: oben
u: unten
l: links
r: rechts
m: Mitte

5: vgl. Seite 122

18 m: Karte von Paolo Toscanelli, 14. Jh., Florenz, Nationalbibliothek © Scala;
l: Farbstich nach K. von Gesner © AKG;
u: Zeichnung von J. de la Cosa, Karte der westlichen Hemisphäre, 1500, London, Royal Geographical society © Bridgeman-Giraudon

19 u, r: Stundenbuch, 15. Jh., Das irdische Paradies, Brüssel, Königliche Bibliothek © AKG

30 u: Kathedrale von Sevilla © P. Garenne/SCOPE;
m: Christus am Kreuz, Holzskulptur von J. Martinez Montanes, 15. Jh. © Index/ Bridgeman-Giraudon

31 m: P. Berruguete, Autodafé unter dem Vorsitz des heiligen Dominik, Madrid, Prado © Bridgeman-Giraudon;
r: Porträt des Inquisitors Torquemada, 15. Jh., Madrid, Prado © Oronoz/ Artephot

42 o : maurische Würdenträger, 14. Jh., Granada, Alhambra © AKG;
u: Juden, 16. Jh., Madrid, Sammlung Varez Fisa © Oronoz/Artephot

43 m: Ferdinand von Aragon und Isabella die Katholische, Chantilly, Condé Museum © Bridgeman-Giraudon;
o, r: Schwert Boabdils, 16. Jh., Madrid, Ejercito Museum © Oronoz/Artephot;
u: Relief von Rodrigo Aleman, Die Einnahme von Granada am 2. Januar 1492, 15. Jh., Toledo © AKG

52 l: Sanlúcar © S. Westmortland/ Corbis;
o: Ölgemälde auf Leinwand von Claudio Coello, Stadt und Hafen von Sevilla, 16. Jh., Madrid, Amerikamuseum © Oronoz/Artephot;
u: Ölgemälde auf Holz von Lorenzo Costa, Das Argonautenschiff (Ausschnitt), Padua, Musei Civici © Bridgeman-Giraudon-Alinari

53 u: Modell der Santa María, Berlin, Deutsches historisches Museum © AKG

62 o: Wandteppich von Mabelle L. Holmes, Christoph Kolumbus segelt ins Unbekannte, Jamestown-Yorktown, Stiftung M. L. Holmes © AKG;
o, l: vgl. Seite 122;
l: Abou Bakr Ibn Jusuf, Astrolabium, 1216, Toulouse, Museum Paul Dupuy © Bridgeman-Giraudon-Lauros;
u: Psalter, Astronom mit Astrolabium, 1225–1250, Bibliothèque de l'Arsenal, Paris © Bridgeman-Giraudon-Flammarion

63 o: Gemälde von Julio Garcia Condoy, Porträt von V. Pinzón, Madrid, Seefahrtsmuseum © AKG;

u: Ölgemälde auf Leinwand von Ridolfo Ghirlandaio, Porträt von Christoph Kolumbus, Genua, Seefahrtsmuseum © Scala

74 o: Strand auf Haiti © D. Kedar;
l: Manati, Zeichnung von F. Desbordes © Gallimard;
m: Königspalme, Zeichnung von F. Desbordes © Gallimard

75 m: Amazonas-Papagei auf Hispaniola, Zeichnung von F. Desbordes © Gallimard;
r: Regenwald, Zeichnung von F. Desbordes © Gallimard;
u: Karte von Christoph Kolumbus, 1493, Madrid, Sammlung der Herzoge von Alba © Loïc Ménanteau

86 o: Allegorie Amerikas, DR;
u: Skizzenbuch von J. White, 1570-1593, Wie die Indianer Fisch kochen, London, British Museum © AKG;
m: Maniok mit Wurzeln © Zeichnung von J.-B. Plumier/ Bibliothek des naturhistorischen Museums, Paris;

87 o: Zeichnung nach den Briefen von Christoph Kolumbus, 1493, Indianer, die als Kannibalen beschrieben werden © AKG;
r: Taino-Kultur, Duho, Machtsymbol, Holz, gefunden auf Santo Domingo, aus der Zeit vor der spanischen Eroberung, Santo Domingo, Museum des Dominikanischen Volkes, Stiftung Garcia Arevado © AKG

98 o: Johann II. von Portugal, Miniatur aus dem 15. Jh., Lissabon, Nationalarchiv Torre do tombo © Bridgeman-Giraudon;
u: Holzschnitt, Die erste Entdeckung von Christoph Kolumbus, 1493, London, British Museum © AKG

99 o: Karte von Domingos Teixeira, Portugal, 1573, Paris, Nationalbibliothek © AKG;
m : die Katholischen Könige, Relief, 16. Jh., Fassade der Universität von Salamanca © Bridgeman-Giraudon-Index;
u, r: deutsches Gemälde, Porträt von Alexander IV. Borgia, Anfang 16. Jh., Dijon, Museum der Schönen Künste © Bridgeman-Giraudon-Lauros

110 o, l: Indianische Pfeile, 16. Jh. © Corbis;
o, r: J. Del Gheyn, Handhabung der Waffen, Amsterdam, 1608, Paris, BNF © Archiv Gallimard Jeunesse;
u: Schwert Ferdinands II. des Katholischen, 15. bis 16. Jh., Granada, Capilla Real © Oronoz/Artephot

111 o: Th. de Bry, Gravur, Die Erhängung Anacaonas, DR;
u: Th. de Bry, Gravur, Balloa hetzt Hunde auf Indianer, Paris, BNF © Bridgeman-Giraudon

122 m, o: Battista Agnese, Portolan, 1546, Russland, St. Petersburg, Museum in der Eremitage © Terebenin/ Artephot;
u, l: Gemälde von F. Grisellini, Porträt von Sebastian Cabot, Venedig, Dogenpalast © AKG;
u, r: Wandgemälde von A. Giovanni de Varese, Magellan, 16. Jh., Caprarola, Farnese Palast © Bridgeman-Giraudon

123 u, l: Karte von Th. de Bry, Vespucci, New York, Public Library © AKG;
u: Lisuarte de Abreu, Vasco da Gama, 1565, New York, Pierpont Morgan Library © AKG

124: farbige Gravur nach Konrad von Gesner © AKG

125: Kolumbus zeigt auf das neu entdeckte Land, 17. Jh., Kloster von Rabida, Palos © Dagli Orti

Redaktionelle Leitung:
Françoise Favez
Künstlerische Leitung:
Elisabeth Cohat

KOLUMBUS
(SUR LES TRACES DE CHRISTOPHE COLOMB)

Grafiker:
Christine Régnier, Riccardo Tremori
Redaktion:
Françoise Favez
Gestaltung:
Laure Bacchette